MISSION CAPITALE

MISSION CAPITALE

BeKa

#Londres

RAGEOT

Cet ouvrage a été imprimé sur un papier
issu de forêts gérées durablement,
de sources contrôlées.

Couverture d'Estrella Bascuñán

ISBN : 978-2-7002-5642-0

LONDRES

LONDRES
CAMDEN TOWN
Regent's Park
221B Baker Street
Burton Mews
NOTTING HILL
Carnaby Street
Hyde Park
Harrods
Natural History Museum
TAMISE

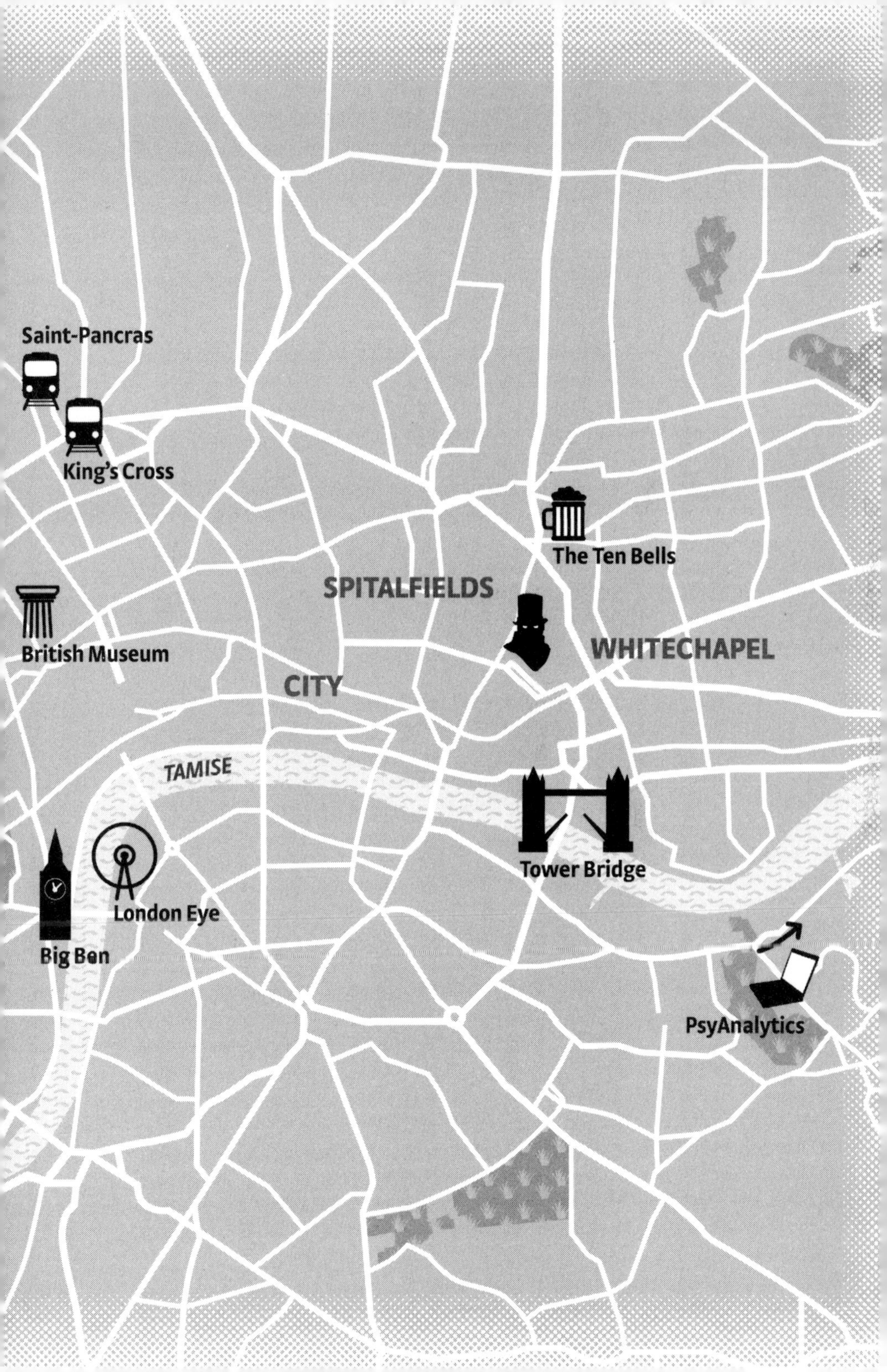
Saint-Pancras
King's Cross
British Museum
The Ten Bells
SPITALFIELDS
WHITECHAPEL
CITY
TAMISE
Tower Bridge
London Eye
Big Ben
PsyAnalytics

PROLOGUE

Banlieue de Londres, au beau milieu de la nuit

L'open space aménagé dans une ancienne usine était plongé dans la pénombre. Un seul écran d'ordinateur était encore allumé dans un coin de ce vaste bureau partagé, encombré de matériel informatique. La lueur bleuâtre éclairait les postes de travail et les ordinateurs, reliés entre eux par un enchevêtrement de câbles électriques ; une sorte de réseau nerveux qui semblait lier la trentaine de jeunes développeurs travaillant ici dans la journée.

Sur les tables traînaient des mugs croûtés de café au milieu de sachets de chips éventrés, de paquets de chewing-gum vides, de bouteilles de soda entamées et de figurines de super-héros et d'animes japonais. Accroché au mur de brique rouge, un jeu de fléchettes attendait une nouvelle partie. Un immense poster de Dark Vador lui faisait face, surveillant la pièce derrière son masque noir.

Hormis le ronronnement de l'ordinateur allumé, un seul autre bruit rompait le silence : une sorte de bourdonnement léger, de frottement étrange. Il provenait d'un robot aspirateur tout rond, qui tournait et virait au milieu des pieds de tables et de chaises, luttant seul contre la poussière. Vrrrr !

Justement, le robot venait de rencontrer un obstacle : le pied du jeune informaticien assis devant l'ordinateur allumé. Le robot changea de cap et disparut dans un coin sombre.

Concentré sur sa tâche, le jeune homme brun aux traits tirés ne l'avait même pas remarqué. La clé USB argentée qu'il avait connectée à la tour de l'ordinateur clignotait rapidement, enregistrant les fichiers que lui transmettait le jeune informaticien.

Une fois sa tâche terminée, il retira la clé et la fourra dans la sacoche de son portable personnel. Puis il supprima tous les programmes contenus dans l'ordinateur de bureau avant de l'éteindre, assombrissant encore plus l'open space.

« Pour plus de précaution, je vais aussi retirer le disque dur » pensa le jeune homme en ouvrant la tour.

Et sans ménagement, il arracha l'élément à son habitacle.

Le jeune informaticien passa la sangle de sa sacoche autour de son cou et fourra le disque dur dans la poche de son sweat à capuche. Il se dirigea vers la grande porte métallique qui fermait l'open space et l'entrouvrit.

Alors qu'il quittait définitivement les bureaux de PsyAnalytics, il repensa au jour de son arrivée, à sa joie, son exaltation pour ce job en Angleterre. C'était un premier pas vers ses rêves les plus fous...

Mais ses rêves s'étaient écrasés contre le mur de la réalité.

Il regarda une dernière fois son poste de travail, le jeu de fléchettes... Le robot aspirateur passa à ses pieds, comme pour lui dire adieu.

Avant de sortir, le jeune homme vérifia que personne ne traînait dans la rue. La pluie fine et froide qui tombait avait dû chasser les noctambules. Il referma la porte, rabattit la capuche de son sweat et s'éloigna à pas rapides.

En arrivant près de la Tamise, le jeune informaticien s'arrêta un instant. Au loin, sur les eaux sombres du fleuve londonien, se reflétaient les lumières des buildings de la City. Mais le jeune homme ne s'en souciait guère en cet instant. Il plongea la main dans la poche de son sweat, attrapa le disque dur qu'il avait dérobé et le lança dans l'eau, le plus loin possible de la berge.

Il le regarda disparaître dans les profondeurs du fleuve puis s'engouffra sous le pont du métro et se perdit dans la nuit, tel un fantôme... un *ghost* en anglais...

1

Paris, huit heures du matin

« Il nous reste encore une demi-heure avant de partir à la gare, se dit Naïs. Je vais vérifier une dernière fois les bagages ! »

Sur le sol du salon, sa valise rose et la gris métallisé de sa mère étaient encore ouvertes, comme le sac de Jules, son frère aîné. Naïs entrouvrit ses guides de Londres pour s'assurer que les plans étaient toujours glissés à l'intérieur, recompta tee-shirts et sous-vêtements pour chacun, vit qu'elle n'avait pas oublié son sèche-cheveux ni les documents professionnels de sa mère. Satisfaite de son inspection, elle ferma les trois bagages avant de s'attaquer à l'intérieur de son sac à dos.

« Passeports, billets de train, adresse de notre logement, livres sterling… Tout y est ! pensa Naïs, rassurée. Je vais aller voir ce que font maman et Jules. »

Bien qu'étant la plus jeune, Naïs avait l'habitude de se charger de tout ce qui avait trait à l'organisation quand la petite famille partait en voyage. Sa mère, Lucile, une chercheuse renommée en biotechnologie, se rendait très souvent à des congrès scientifiques. Et dès qu'ils le pouvaient, pendant les périodes de vacances scolaires, le frère et la sœur l'accompagnaient.

– Maman !? Mais, tu n'as pas encore pris ton petit déjeuner ! se désola Naïs, en voyant sa mère plongée dans la lecture d'une revue scientifique, son thé refroidi devant elle. Tu te souviens que nous partons à Londres quand même ? Pour ton congrès au Natural History Museum[1].

– Oh désolée, ma chérie… lui répondit Lucile en cachant son journal comme une enfant prise en faute. Bien sûr que je n'ai pas oublié ! Je me dépêche, je me dépêche !

– On part dans… un quart d'heure, précisa Naïs en consultant sa montre. Et Jules où est-il ?

– Jules ? Aucune idée, dit sa mère, qui avait déjà repris la lecture de son journal.

– Bon, je m'en occupe, soupira Naïs.

1. Musée d'histoire naturelle.

« Il doit être retourné dans sa chambre » pensa-t-elle, un peu découragée.

Effectivement, Jules était vautré sur son lit, son ordinateur portable ouvert sur les genoux, en pleine partie de Peace on World, son jeu en ligne préféré.

– Regarde ça, Naïs, je viens de me payer un rayon laser anti-aliens, s'exclama-t-il en voyant entrer sa petite sœur. T'as vu l'allure qu'a Big-Julot maintenant ?

– Génial, rétorqua Naïs, sans pouvoir retenir un sourire devant la joie de son frère. Mais tu vas devoir abandonner ton cher avatar musclé un moment. Je te rappelle qu'on part à Londres !

Après avoir décapité un dernier alien, Jules referma son portable.

– Parce que tu crois que j'avais oublié ? Big Ben, Buckingham Palace et les petites Anglaises, tenez-vous prêts !

– Les petites Anglaises !? Tu penses vraiment avoir le temps de draguer les filles avec le programme touristique intensif que je nous ai prévu ?

– Bien sûr, sœurette, répondit Jules en bombant le torse. Pour les jolies filles, Big-Julot a toujours le temps !

– Big-Julot, peut-être ! Mais le vrai Jules, je n'en suis pas si sûre, rétorqua Naïs. Surtout avec cet horrible épi que tu as dans les cheveux !

Jules bondit hors de son lit, horrifié.

– Quoi ! Quel épi ?

Naïs quitta la chambre, ravie. Elle avait réussi à faire se lever son frère en un temps relativement court. Ne restait plus qu'à distraire sa mère de ses lectures et ils pourraient partir à temps pour la gare du Nord.

Naïs, Lucile, Jules, les bagages, tous étaient sur le quai de l'Eurostar en partance pour Londres. Ils s'apprêtaient à monter dans leur wagon quand Lucile regarda sa valise, l'air soudain inquiète :

– Euh… Naïs, tu as bien pris mon portable avec la présentation de mes recherches, pour mon intervention au congrès ?

– Bien sûr, maman, répondit en souriant Naïs. Sans oublier ta clé USB et ton disque dur de secours ! Au cas où…

– Merci ma chérie. Je me demande bien ce que je ferais sans ton aide ! souffla Lucile, soulagée. Viens que je te fasse un gros bisou…

– Et avant que tu me poses la question, Jules, tes écouteurs et ton MP3 sont bien dans ton sac, ajouta Naïs.

En disant cela, Naïs se rendit compte qu'elle avait pensé à tout ce qui concernait sa mère et son grand frère, mais qu'elle avait oublié un objet très important pour elle, un objet qu'elle touchait tous les soirs avant de s'endormir. Son bracelet fétiche…

Naïs se mordit les lèvres pour ne pas pleurer. Elle devait se montrer infaillible et sûre d'elle, surtout devant Lucile et Jules.

Alors qu'ils s'asseyaient à leurs places et que leur mère s'était déjà remise à sa lecture, Jules se pencha vers Naïs et sortit quelque chose de sa poche :

– Merci de t'être occupée de tout, encore une fois ! Mais je crois que tu as oublié ceci, murmura-t-il en lui tendant le fameux bracelet. Tu l'as laissé sur ta table de nuit, et comme je sais que tu y tiens…

Naïs caressa les billes de bois du bracelet en souriant, ne sachant pas quoi dire. Jules n'avait décidément rien à voir avec son avatar Big-Julot : il avait trop bon cœur pour cela.

2

Alors que le train glissait dans le tunnel qui l'amenait à Londres, à plus de quarante mètres de profondeur sous les eaux de la Manche, Naïs enfila son bracelet fétiche. Tout en le faisant rouler du doigt autour de son poignet, elle se rappelait le soir où son père le lui avait offert.

Il revenait d'une de ses missions secrètes au cœur de l'Afrique ou du Moyen-Orient. Comme à son habitude, il ne racontait rien mais son regard trahissait la fatigue, sa peau tannée, la chaleur et le soleil endurés. Son sac était rempli d'habits sales et fripés, de carnets de notes secrets et de photos interdites. Une fois douché et habillé de propre, son grand plaisir était de boire un verre de vin blanc frais en écoutant sa femme et ses enfants lui raconter leurs vies durant son absence.

De ses expéditions, il ne rapportait aucun souvenir, sauf ce soir-là. Soudain, il sembla se rappeler quelque chose, posa son verre de vin sur la table et alla farfouiller dans la poche d'une de ses chemises usées. Il en sortit un bracelet tout simple, des billes de bois clair enfilées sur un lien de cuir, et le tendit à Naïs.

– C'est pour toi. Une petite fille de ton âge me l'a offert dans un village... Je me suis dit que cela te ferait plaisir...

Cela lui avait fait plus que plaisir ! Depuis ce soir-là, le bracelet n'avait plus quitté sa table de chevet. Quand son père partait en reportage, Naïs le glissait toutes les nuits sous son traversin. Elle avait alors l'impression de respirer la même odeur que lui, celle du désert et des montagnes, du sable brûlant et du vent sec...

Et puis un jour, il n'était pas revenu de sa dernière expédition. Personne n'avait su leur dire s'il était vivant ou mort. Le bracelet était alors devenu encore plus cher à ses yeux...

Naïs s'était promis de suivre la même carrière que son père, celle de grand reporter. Elle irait là où il avait été et, peut-être, qui sait, le vent du désert lui soufflerait où il se trouvait...

Pour le moment, il n'était pas question de grandes expéditions lointaines, elle était encore trop jeune hélas. Mais Naïs adorait voyager à l'étranger, préparer les visites, se documenter sur le pays en lisant des guides ou visionnant des films. Quand elle fermait sa valise, montait dans un train ou un avion, sortait son passeport, elle avait le sentiment d'être proche de son père, de mettre ses pas dans les siens. Même si Londres n'était que de l'autre côté de la Manche, elle avait l'impression qu'une aventure commençait...

Malgré tout, Naïs n'oubliait pas son premier objectif : veiller sur sa mère, la douce et rêveuse Lucile, au beau visage mangé par d'immenses lunettes de myope et aux longs cheveux blonds comme les siens ; ainsi que sur son frère Jules, qui ressemblait tant à son père avec sa tignasse couleur châtaigne et sa fossette sur la joue.

Même si du haut de ses quatorze ans, il avait toujours deux ans de plus qu'elle (et ne se gênait pas pour le lui rappeler aussi souvent que possible), Naïs savait qu'au fond, il était encore un enfant... comme elle.

– Souriez, je vais faire un selfie pour mes potes ! La famille Granger fonce vers Londres, s'exclama-t-il en se glissant entre elle et leur mère, son téléphone à la main. Un, deux, trois, cheeeese... Direct sur mon compte Facebook !

3

– Londres, nous voilà ! s'exclama Jules en descendant de l'Eurostar à la gare Saint-Pancras. Qu'est-ce qu'on fait en premier, Naïs : le tour des boutiques de jeux vidéo, la relève de la garde ou alors on va manger un bon burger ?

– D'abord nous achetons notre Oyster card, puis nous allons poser les bagages à l'appartement que maman a loué ! répondit Naïs en se dirigeant vers la sortie.

Jules regarda sa sœur avec des yeux ronds :

– C'est quoi cette histoire de « carte huître » ? Tu veux manger des huîtres dans une gare, toi qui détestes ça ?

– Mais non ! « Oyster card » est le nom du ticket de transport de la ville de Londres, répliqua Naïs tout en s'approchant d'un guichet.

– Quel nom étrange, intervint leur mère. Ces Anglais m'étonneront toujours !

Naïs paya les trois cartes qu'elle venait de commander, avant d'expliquer :

– En fait, ce nom vient d'un proverbe anglais « The world is your oyster » qu'on pourrait traduire par « Le monde vous appartient ». Mais aussi du mouvement d'ouverture et de fermeture de la carte dans son étui, dit-elle en joignant le geste à la parole.

– Trop cool, réagit Jules en s'emparant de sa carte de transport. Oh regardez, j'ai Buckingham Palace[1] en photo sur la mienne ! Et toi, Naïs ?

– La famille royale au grand complet.

– Et moi... le Natural History Museum ! Quelle coïncidence, c'est à cet endroit qu'a lieu mon congrès, s'exclama Lucile, ravie.

Naïs consulta le plan du métro qu'elle venait de prendre au guichet et pointa une station du doigt :

– La station de métro la plus proche est King's Cross, dans la gare qui jouxte celle de Saint-Pancras. Il suffit de suivre ce couloir, ajouta-t-elle en voyant un panneau indicatif.

– Tu dis « King's Cross », ma chérie ? releva Lucile en emboîtant le pas à sa fille. Comme dans notre livre préféré ?

1. Le palais de Buckingham, résidence officielle de la famille royale britannique.

– Nooon, tu plaisantes, s'exclama Jules. LE King's Cross d'où part le Poudlard Express d'Harry Potter ?

– Ben oui, répondit Naïs, heureuse de voir que sa mère et son frère partageaient toujours sa passion pour le jeune sorcier anglais. Il paraît même qu'il y a un quai $9^{3/4}$ avec un chariot à bagages qui s'enfonce dans le mur !

– Il faut qu'on aille voir ça ! s'écrièrent de concert Jules et sa mère.

La petite famille ne mit que quelques minutes à localiser le quai $9^{3/4}$ du Poudlard Express dans la gare de King's Cross.

– Waaah, trop cool, s'exclama Jules. Naïs, fais semblant de pousser le chariot. Je te prends en photo !

– Euh… tu crois vraiment ?

– Allez, Naïs ! On le fait toutes les deux, proposa Lucile.

– Bon, d'accord alors, céda Naïs en s'approchant du chariot avec sa mère.

– Un, deux, trois, cheeeese, compta Jules. C'est un endroit magique ici. Il ne peut arriver que des choses merveilleuses, j'en suis sûr ! D'ailleurs, regardez là-bas…

Naïs jeta un œil aux alentours, sans rien remarquer de particulier au milieu de la foule de voyageurs pressés.

– De quoi parles-tu, Jules ?

Son frère désigna une jeune rouquine souriante adossée au mur du quai :

– De la jolie fille qui propose des *free hugs* sur sa pancarte ! Merci Harry, je te revaudrai ça ! lança-t-il en faisant un signe vers le chariot du jeune sorcier.

Lucile se tourna vers son fils, surprise.

– Des *free… hugs* ? De quoi s'agit-il ?

– Oh maman, il faut sortir un peu de ton bureau ! se moqua gentiment Jules. Les *free hugs* sont des câlins gratuits que proposent parfois des personnes dans la rue. C'est en quelque sorte un moyen de briser la glace et de rompre la solitude des villes…

– Quelle belle idée, apprécia Lucile, rêveuse.

– Je trouve aussi ! En tout cas, moi, je vais en profiter… ajouta Jules.

Aussitôt, il tendit son téléphone à sa sœur.

– Prends-moi en photo, Naïs !

– Quoi !? Mais qu'est-ce que tu fais ?

– Je vais serrer cette fille super mignonne dans mes bras, puisqu'elle est d'accord ! Mes potes vont liker comme des fous quand ils me verront en photo avec elle sur Facebook !

Jules prit la pose avec la jeune fille. Une fois… deux fois… trois fois… puis Naïs commença à s'impatienter :

– Bon, ça suffit maintenant, Jules !

– Tu es sûre que les photos sont bonnes, Naïs ? demanda-t-il en souriant à la fille aux *free hugs*. Parce que sinon, je suis prêt à en refaire.

Lassée, Naïs rendit son téléphone à son frère :

– Elles sont parfaites, je te dis. Postes-en une sur ton Facebook et on y va !

– Une ! Les trois, tu veux dire, répliqua Jules en tapotant l'écran. Et voilà, c'est fait. Y'a plus qu'à attendre les Likes…

– La station de métro est par là, indiqua Naïs, sa valise à la main.

– Déjà 10 Likes ! Je sens que je vais battre mon record, pensa tout haut Jules en suivant sa mère et sa sœur sur le quai. En tout cas, j'adore Londres, moi !

4

– C'est ici : le 6, Burton Mews, dit Naïs en posant sa valise devant le porche.

– Tu plaisantes, Naïs ! faillit s'étouffer Jules. Cette maison est la plus moche de l'impasse, voire du quartier. Toutes les autres sont colorées, fleuries et accueillantes. Alors, que celle-là, avec sa façade en brique marron, ses menuiseries toutes noires et ses pots de… qu'est-ce que c'est ce machin d'ailleurs ?

Jules s'approcha des jardinières disposées de part et d'autre de l'entrée pour toucher les plantes qui y poussaient.

– Aïe ! C'est que ça pique en plus !

– Rien de plus normal, mon chéri, voyons, intervint Lucile, toujours souriante. Ce sont des orties.

– Des orties ! Mais qui aurait l'idée de faire pousser des orties devant chez soi ? s'indigna Jules en soufflant sur ses doigts qui le démangeaient.

– Je crois bien que c'est moi !

Concentrée sur sa discussion, la famille Granger n'avait pas remarqué que la porte de la maison s'était ouverte. Et que dans son entrebâillement se tenait la propriétaire, une petite brune d'une quarantaine d'années, au regard noirci au khôl et aux longs cheveux épais noués en chignon lâche, qui semblait tout droit sortie d'un roman gothique du XIXe siècle. Sous une blouse de laboratoire ouverte, elle portait un chemisier noir à jabot sur lequel pendait une paire de lunettes ouvragées en forme de papillon, et une longue jupe bouffante à rayures grises et mauves. Des bottines à boutons nacrés complétaient sa tenue pour le moins excentrique.

– Vous devez être Lucile, Naïs et Jules ? ajouta-t-elle d'une voix chaleureuse. Entrez donc !

– C'est bien nous, Mrs… euh… Crater ! bafouilla Naïs, encore sous le choc.

– Appelez-moi Helena, voyons, répondit leur logeuse, que Lucile avait déjà suivie à l'intérieur, sans même remarquer son étrangeté.

Jules et Naïs se regardèrent, un peu inquiets.

– C'est toi qui as trouvé cet appartement, Naïs ?

– Non, c'est un professeur anglais, un collègue de maman, qui nous l'a conseillé. Je crois que ce n'est pas très loin du Museum... et qu'il connaît la propriétaire !

– Tu me rassures un peu... répondit Jules, en empoignant les valises.

Les deux adolescents avancèrent dans le couloir qui prolongeait la porte d'entrée et s'arrêtèrent à nouveau, saisis par le décor.

– Euh... j'ai rien dit ! reprit Jules, en avalant sa salive. C'est quoi tout ça ?

– Aucune idée !

Naïs écarquillait les yeux. Sur les murs du couloir peints en noir, s'alignaient des dizaines de cadres vitrés contenant des collections de papillons et d'insectes. Une console présentait plusieurs cloches en verre enfermant de petits oiseaux empaillés aux plumes brillantes. Et face à elle, au-dessus de la porte qui menait au salon, était accroché un gigantesque aigle royal qui la fixait de ses yeux jaunes.

– Les enfants, venez vite ! les appela Lucile. Mrs Crater a eu la gentillesse de préparer un thé pour notre arrivée.

– Pff, souffla Jules. Maman est toujours en vie... Je crois qu'on peut prendre le risque d'y aller !

– Arrête ça, Jules ! Tu me flanques la frousse, murmura Naïs en suivant son frère, non sans jeter un dernier regard inquiet à l'aigle, qui avait l'air plus vivant que mort.

Dans le salon où Lucile et Mrs Crater étaient installées, le décor était sensiblement le même que dans le couloir. Sur le manteau de la cheminée, une collection de rongeurs empaillés paraissaient courir entre de petites horloges dorées. Un blaireau montrant les crocs lorgnait Jules et Naïs depuis la table basse. La tapisserie lie-de-vin disparaissait presque derrière les vitrines contenant des nuées d'insectes épinglés sur des toiles, de longues mues de serpent, ainsi qu'une famille de hiboux aux yeux effrayants, disposée au milieu de crânes de petits animaux dont elle semblait avoir fait son dernier repas. Et le clou du spectacle : un énorme loup gris était installé entre les fauteuils, comme prêt à dévorer les invités.

Mais Lucile et Mrs Crater n'y prêtaient pas attention et babillaient, comme deux vieilles amies qui se seraient quittées la veille.

– Vous parlez très bien français, Mrs Crater ! faisait remarquer Lucile, en buvant son thé.

– So kind of you, Lucile[1] ! Je l'ai appris durant mon stage de fin d'études à Paris. Avant de prendre mon poste au Natural History Museum de Londres.

– Oh ! Je ne savais pas que vous y travailliez ! s'exclama Lucile. Et quelle est votre spécialité ?

1. C'est très gentil, Lucile !

– Je ne suis pas un grand professeur comme vous, répondit Mrs Crater. Mon domaine est la taxidermie.
– Épatant, réagit Lucile. Mais ne soyez pas si modeste, Helena ! Sans vous, le public n'en saurait pas autant sur les animaux.
Mrs Crater était taxidermiste ! Cela expliquait pas mal de choses... « Elle a dû empailler elle-même tous les animaux morts qui peuplent la maison » se dit Naïs en jetant un coup d'œil soulagé à son frère. Bien sûr, il fallait avoir envie de vivre dans ce décor... comment dire, étrange ? Gothique ? Mortuaire ? Par contre, cela n'expliquait en rien le style vestimentaire si particulier de leur logeuse !
– Prenez du thé, les enfants ! leur proposa gentiment Helena. Et goûtez à mes chips d'orties, je les ai faites moi-même !
– Des chips... d'ortie ? s'étonna Jules en regardant le contenu du bol que lui tendait Helena.
– Oui ! Maintenant, tu sais pourquoi j'en cultive devant ma porte, lui répondit malicieusement la taxidermiste.

Mais Naïs et Jules n'en avaient pas encore fini avec les surprises que recélait l'étrange maison d'Helena Crater. Alors que la petite famille partageait salon et cuisine avec leur logeuse, leurs chambres se trouvaient au dernier étage.

Quand il découvrit celle qu'il allait partager avec sa sœur pendant leur séjour, Jules ouvrit de grands yeux et en lâcha son sac de voyage :

– Alors là ! C'est la première fois que je vais dormir avec un lion !

En effet, au beau milieu de la pièce, entre les deux lits, un lion empaillé était dressé sur ses pattes, la gueule ouverte, prêt à bondir sur sa proie.

5

Après s'être promenée dans le quartier de Notting Hill et avoir profité du beau temps le long des petits chemins de Hyde Park, la famille Granger avait décidé de s'offrir un repas dans un restaurant indien pour sa première soirée à Londres.

– C'est quand même bien meilleur que les chips d'orties ! plaisanta Jules en finissant le biryani aux crevettes de sa sœur.

À leur retour chez Mrs Crater, les deux adolescents laissèrent leur mère relire ses notes pour son colloque du lendemain. Un peu fatigués par cette journée de voyage et de découverte, ils préférèrent aller se coucher. Jules s'endormit aussitôt que sa tête toucha l'oreiller. Naïs, elle, n'arrivait pas à quitter des yeux l'impressionnante silhouette du lion, qui se découpait dans la pénombre de la chambre. Il lui semblait que dès qu'elle fermerait les yeux, le fauve lui sauterait dessus. Elle essaya de se raisonner mais, de guerre lasse, fit glisser son bracelet fétiche de son poignet et le serra de toutes ses forces entre ses mains.

« Sois forte ! N'aie pas peur ! Ce n'est que dans ta tête ! » se répéta Naïs en pensant à ce qu'aurait fait son père dans cette situation.

Elle était certaine que, s'il avait été là, avec eux, elle n'aurait pas paniqué. Ils auraient même ri de tous ces animaux empaillés et de cette maison étrange ! Elle poussa un soupir et, rassurée, ferma les yeux à son tour...

*

À l'autre bout de la ville, Ghost était assis dans un bar à salades bio, plus fréquenté par des jeunes traders[1] de la City et des groupes de filles aux allures d'artistes que par des informaticiens à tendance geek dans son style. Avec son jean déchiré et son sweat à capuche, il détonnait un peu au milieu des autres clients.

Ghost n'était évidemment pas son vrai nom, mais celui qu'il utilisait le plus souvent sur le Net, où il avait pour règle de laisser le moins de traces

1. Personne spécialisée dans les marchés financiers.

possible. Au fil du temps, tous ses amis ukrainiens s'étaient mis à l'appeler ainsi. Et ce pseudonyme lui était devenu aussi familier que son prénom. Aujourd'hui, il prenait vraiment tout son sens…

Car depuis qu'il avait effacé son programme de l'ordinateur de son employeur et jeté le disque dur dans la Tamise, le jeune développeur informatique faisait profil bas. Il avait profité de la nuit pour retourner à son appartement en colocation et récupérer quelques affaires. Depuis, il errait et se cachait dans Londres, sans trop savoir que faire, ni vers qui se tourner. Il ne connaissait personne de fiable dans cette ville et n'avait pas eu le temps de s'y faire des amis.

Ghost n'était sûr que d'une chose : après son geste, il ne pouvait plus revenir dans son appartement, dont l'adresse était inscrite dans les fichiers de l'entreprise. Il se doutait aussi que son employeur essaierait par tous les moyens de le retrouver… enfin plutôt de retrouver le programme que le jeune développeur avait écrit. Et Ghost savait que l'homme qui dirigeait PsyAnalytics disposait de nombreux moyens… certains à la limite de la légalité.

Le jeune homme s'efforçait donc de passer inaperçu, tel un fantôme dans les rues de Londres… Il allait dans des endroits qu'il ne fréquentait pas d'habitude, des quartiers dans lesquels il n'avait jamais mis les pieds auparavant. C'est pour cette raison qu'il avait choisi ce bar à salades, et aussi parce que le wi-fi était offert. Mais le restaurant ne resterait pas ouvert toute la nuit, et Ghost se demanda dans quel endroit il pourrait se cacher pour dormir un peu. Une bibliothèque ? Un cinéma de banlieue ?

Le jeune informaticien n'eut pas le loisir de pousser plus loin sa réflexion. Deux silhouettes sombres et massives marchaient le long du trottoir, juste en face de la saladerie. Ghost reconnut immédiatement les deux hommes pour les avoir vus à plusieurs reprises collés aux basques du boss de PsyAnalytics : il les appelait ses adjoints, alors qu'ils faisaient plutôt fonction de gardes du corps.

Comment pouvaient-ils avoir retrouvé sa trace aussi vite ? Ghost se dit qu'il devait avoir commis une erreur à un moment ou à un autre. Mais il n'avait pas le temps d'y réfléchir maintenant. Il fallait qu'il parte. Sans perdre un instant, le jeune fuyard remballa son portable, rabattit sa capuche sur son visage et quitta le restaurant.

Les deux colosses à costume noir s'étaient arrêtés fumer au coin de la rue. Ghost prit la direction opposée et fila aussi vite qu'il le put…

6

Le lendemain matin, Naïs et Jules accompagnèrent leur mère au Natural History Museum où se tenait son congrès.

– Passez une bonne journée, mes chéris ! leur dit-elle avant de les quitter.

– Alors, où va-t-on Naïs ? demanda Jules, en suivant sa sœur dans le métro. J'ai entendu que tu discutais de notre programme avec Helena Crater, ce matin ?

– Oui, elle m'a dit qu'elle adorait les quartiers est de Londres où j'avais prévu de t'amener.

Son frère lui jeta un regard inquiet :

– Ah ! Et il y a quoi exactement là-bas ? Parce que si ça plaît à notre logeuse taxidermiste et gothique, les cimetières doivent y être plus nombreux que les attractions touristiques !

– Eh bien… hésita Naïs. C'est l'endroit où sévissait le premier tueur en série reconnu du monde : Jack l'Éventreur. Et nous allons partir sur ses traces !

– Quoi !? s'exclama Jules. Tu délires, là !?… Non ?

*

En quittant le Tower Bridge[1], qui menait aux quartiers de Spitalfields et Whitechapel, Jules se sentit soulagé :

– C'est donc là que se baladait ton fameux Jack l'Éventreur ? Aujourd'hui, ce coin ne me semble pas bien effrayant.

– Oui, mais imagine-toi en 1888, l'année où Jack a tué ses cinq victimes… se mit à raconter Naïs. Whitechapel était alors une zone très pauvre, rongée par la criminalité. C'est la nuit, il pleut, les rues sont sales et mal éclairées. Des ivrognes sortent des pubs en titubant. Un jeune voleur se cache au coin de la rue, dissimulé par le smog…

– Le smog ? C'est quoi, ça ? demanda Jules, pendu aux lèvres de sa sœur.

– Une sorte de brouillard formé par la pollution des usines. Elles dégageaient tellement de fumée de charbon que la ville disparaissait dessous,

1. Célèbre pont basculant encadré par deux tours reliées par une passerelle. Il est situé près de la Tour de Londres.

expliqua Naïs. Même en plein jour, on n'y voyait pas à quelques mètres !

– Jack devait en profiter pour perpétrer ses meurtres, supposa Jules.

– Certainement. D'ailleurs, nous arrivons à Mitre Square. C'est sur cette place qu'il a tué une certaine... Catherine Eddowes. Il paraît que deux témoins, qui passaient par cette rue étroite, ont aperçu un couple appuyé contre un mur. Peut-être Jack l'Éventreur et sa victime...

– Waow ! Elle commence à devenir vraiment flippante ton histoire... Un vrai scénar de jeu vidéo ! Heureusement qu'on fait la visite de jour et sous le soleil.

– Euh... oui, c'est vrai, répondit sa sœur, la main crispée sur son guide. Continuons, tu veux bien ?

Marchant dans les pas du célèbre Jack, les deux adolescents découvrirent des rues qui portaient encore les traces du passé pauvre et industriel de Londres. Sous les ponts, des couches de charbon salissaient toujours la brique. Des graffitis s'étalaient sur les anciens bâtiments d'usines désaffectées.

– Et il a été arrêté ce Jack l'Éventreur ? demanda soudain Jules.

– En fait, non ! dit Naïs. Même aujourd'hui, personne n'est sûr d'avoir découvert son identité. Cette histoire reste un mystère irrésolu. C'est pour cette raison que ce personnage est devenu un tel mythe.

– Je comprends maintenant pourquoi il a piqué ta curiosité ! intervint Jules, amusé. Tu pensais mener ta petite enquête, c'est ça ?

– Hmmm, n'importe quoi ! rétorqua Naïs. En tout cas, la balade se termine ici. Nous voici devant le pub The Ten Bells où les victimes de Jack, et sans doute lui-même, venaient prendre un verre. D'après ce que j'ai lu, l'intérieur est resté comme à l'époque.

– Il faut qu'on aille voir ça ! s'enthousiasma Jules. Il doit encore flotter une sacrée ambiance de mystère et de crime dans cet endroit.

– Impossible ! Mon guide dit que les pubs sont interdits aux moins de quatorze ans.

– Je suis sûr qu'il y a une solution, Naïs. Regarde, entrons avec ce groupe de touristes. Au milieu d'eux, personne ne nous remarquera.

– Tu es sûr ?

– Certain ! Suis-moi, répondit Jules en prenant la main de sa sœur.

7

– Je te l'avais dit, Naïs. Assis dans ce coin sombre, personne ne fait attention à nous, constata Jules en sortant son téléphone. Je vais profiter du wi-fi gratuit pour poster une photo sur Facebook et télécharger quelques mises à jour.

– Dis plutôt que tu vas vérifier tes Likes ! se moqua Naïs en regardant autour d'elle. En tout cas, tu as eu raison de vouloir entrer, l'atmosphère est fantastique !

– Oui, acquiesça son frère. Helena Crater et ses animaux empaillés se fondraient très bien dans ce décor !

En effet, rien ne semblait avoir changé dans ce pub depuis l'époque de Jack l'Éventreur. Le comptoir en bois était usé par les nombreux coudes qui s'y étaient appuyés, le parquet grinçait, les tabourets étaient recouverts de tissus miteux et décolorés...

Seuls les touristes qui se prenaient en photo avec leurs pintes de bière ramenaient au temps présent.

– Tu as vu, Naïs, dit Jules, tout en tapotant machinalement son téléphone. Même si ce n'est pas le fameux Jack, des gens inquiétants rôdent encore dans ce pub.

– De qui parles-tu ? répondit Naïs en se retournant.

– Sois plus discrète ! Le jeune mec, juste derrière nous, avec sa capuche qui lui cache à moitié le visage et son ordinateur portable. Il a vraiment l'air bizarre ! En plus, j'ai l'impression qu'il regarde sans cesse dans notre direction.

– Je ne vois pas ce qu'il a de bizarre, chuchota Naïs. Je le trouve plutôt mignon ce garçon, avec ses grands yeux gris. Je crois qu'il joue à un jeu vidéo, comme toi !

– Ça m'étonnerait beaucoup, ou alors il n'est pas très concentré sur sa partie. Il est tout pâle, ses mains tremblent, il dévisage tous les clients qui entrent, comme s'il surveillait quelque chose. On devrait se méfier, peut-être qu'il prépare un sale coup.

– Tu délires, Jules ! C'est cette histoire de Jack l'Éventreur qui t'est montée à la tête.

– Oui… peut-être, concéda son frère, en haussant les épaules.

Pour masquer sa nervosité, Jules se saisit de la carte des boissons :

– Alors, qu'est-ce que tu prends, Naïs ? Une pinte de bière, un ginger ale[1], un cidre brut ? Ou tu te contentes d'un soda ?

– Tu sais bien que nous ne pouvons rien commander, Jules, et surtout pas d'alcool ! Déjà que nous ne devrions pas être ici.

– Je plaisantais, répondit son frère en levant les yeux de la carte. Oh, mais c'est pas vrai…

– Quoi donc ?

– Le jeune à capuche, je viens encore de croiser ses yeux. J'en étais sûr ! Il n'arrête pas de nous observer.

– Peut-être qu'il aime les filles avec de longs cheveux blonds, comme moi, s'amusa Naïs, en jetant un regard plus appuyé au jeune homme assis dans l'ombre.

– Tu rigoles ? Il a au moins… quoi ? Genre seize ou dix-sept ans. Peut-être même plus.

– Et alors ! Qu'est-ce que tu veux dire ? rétorqua Naïs, vexée.

Au moment où une dispute allait éclater entre le frère et la sœur, un serveur du pub vint se planter devant eux.

– Qu'est-ce que vous faites là, vous deux ? Où sont vos parents ? Ici, c'est interdit aux enfants !

– Ben… Euh…

1. Boisson pétillante au gingembre, qui peut être alcoolisée ou non.

Grâce à leur père, qui avait des origines australiennes, Jules et Naïs avaient un bon niveau en anglais et purent s'expliquer :

– Nous sommes des touristes français. Nous nous appelons Jules et Naïs Granger. Désolés, nous ne savions pas…

– OK, OK, répondit le serveur, en levant les yeux au ciel. Mais vous ne pouvez pas rester ici, sortez tout de suite !

– Eh bien, ils ne sont pas aussi accueillants que la fille de la gare avec ses *free hugs* ! essaya de plaisanter Jules, tandis que le serveur s'éloignait.

8

Alors que Naïs et Jules rassemblaient leurs affaires pour partir, deux colosses en costard-cravate entrèrent dans le pub The Ten Bells.

Ils s'arrêtèrent à la porte et, de leur regard froid, passèrent la salle au scanner.

À leur vue, le jeune à capuche avait vivement refermé son ordinateur portable. Il jeta un œil effrayé à sa droite, puis à sa gauche, sembla hésiter un instant, se redressa et se mit à courir.

À l'instant même où il jaillit de l'ombre, les deux colosses se dirigèrent vers lui en lui hurlant de s'arrêter.

Mais le jeune à capuche n'en fit rien. Sous les yeux éberlués de Naïs et Jules, il prit appui sur une banquette, enjamba un client qui buvait sa bière et sauta par la fenêtre ouverte.

Les deux colosses se ruèrent à sa poursuite. Ils écartèrent violemment une bande de jeunes qui entraient dans le pub et menaçaient de ralentir leur allure. La porte du bar se referma derrière eux en claquant.

Le silence saisit la salle du Ten Bells un instant. Puis, comme si rien ne s'était passé, les conversations reprirent.

Ce n'est qu'à ce moment-là que Jules se rendit compte que son téléphone vibrait dans sa poche.

– Un message… j'ai… j'ai un message, bredouilla-t-il, encore sous le choc de la scène qui venait de se dérouler devant lui.

Blanc comme un linge, il tendit le téléphone à sa sœur pour qu'elle lise le texte du mail :

« *SVP prenez la clé USB que j'ai laissée sur la banquette du Ten Bells. Gardez-la pour moi. Je vous recontacterai bientôt. Ghost* »

– Qu'est… qu'est-ce que ça veut dire ? C'est signé Ghost, « fantôme » en anglais.

– C'est tout à fait ça… un fantôme ! répondit Naïs, en regardant la banquette où était assis le jeune à capuche quelques instants plus tôt.

– Hey, you two[1] ! leur cria le serveur. Je vous ai déjà demandé de partir, non ?

1. Eh, vous deux !

– Je t'avais bien dit que ce type était bizarre ! Qu'est-ce qu'on fait maintenant ? chuchota Jules.

– Prenons cette clé USB et filons ! réagit calmement Naïs, en se dirigeant vers la place que venait de quitter le mystérieux Ghost.

9

Sur le trajet du retour, Jules et Naïs ne cessèrent de se poser les mêmes questions : qui était ce Ghost ? Que lui voulaient ces deux colosses dans le pub ? Pourquoi le jeune homme s'était-il enfui ? Ghost avait-il quelque chose à se reprocher ? Préparait-il un délit, comme l'avait pressenti Jules ? Ou bien était-ce ces deux effrayants poursuivants qui étaient des criminels ? En ce cas, Ghost était-il en danger ?

Naïs penchait plutôt vers cette seconde hypothèse.

Les deux adolescents avaient l'impression que leur tête allait exploser avec toutes ces questions qui s'entrechoquaient et restaient sans réponse. Assis côte à côte dans le métro, ils regardaient autour d'eux, guettant le moindre mouvement suspect des autres voyageurs. Naïs tenait son sac à dos entre ses bras, Jules la serrant de près. Car dans le dos du petit sac, enfermée dans une poche à glissière, se trouvait la clé USB de Ghost, que Naïs avait récupérée sur la banquette du pub.

Et avec cette clé, s'ajoutaient d'autres questions : que contenait-elle ? Et surtout, pourquoi Ghost la leur avait-il confiée, sans même les connaître ?

Alors que le frère et la sœur approchaient de la maison d'Helena Crater, Naïs s'arrêta en plein milieu de la rue :

– Mais attends, Jules ! Je viens d'y penser ! Comment Ghost a-t-il fait pour t'envoyer un message sur ton portable alors qu'il ignorait ton nom et ton adresse mail ?

Jules réfléchit un instant avant de répondre :

– Eh bien, il a dû entendre mon prénom en écoutant notre conversation… Comme j'utilisais le wi-fi du pub, il a pu m'identifier, sans doute en utilisant une application illégale. Et je devais être le seul à m'appeler Jules !

– Ce Ghost serait donc une sorte de hacker, ajouta Naïs, pensive. Il faut absolument regarder ce que contient cette clé USB ! Nous en apprendrons peut-être un peu plus…

– Le problème, c'est que nous n'avons que nos téléphones. Il nous faudrait un ordinateur, répondit Jules en ouvrant la porte de Mrs Crater.

– Allons demander à Helena si nous pouvons utiliser le sien !

Leur logeuse-taxidermiste était justement en train de travailler dans son atelier, aménagé au sous-sol de la maison. Quand Naïs et Jules entrèrent, elle tendait les ailes d'une chauve-souris sur une fine structure en bois. Les deux adolescents réprimèrent une moue de dégoût devant ce spectacle, et préférèrent se tenir à distance. Helena leur permit sans problème de se connecter à son ordinateur, qui se trouvait dans un coin de la pièce.

– Voyons ce que tu caches ! s'exclama Naïs en introduisant la clé USB dans un port de la tour.

La clé ne contenait que deux fichiers. Naïs cliqua sur le premier, faisant s'afficher des lignes et des lignes de code informatique totalement incompréhensibles.

– Il doit s'agir d'un programme ! constata Jules. Mais j'ignore à quoi il sert !

– Ouvrons le second ! dit Naïs. On aura peut-être plus de chance…

Cette fois, ce qui semblait être une compilation de différents articles de journaux en ligne et d'extraits de blogs apparut sur l'écran.

– Zut ! La plupart des articles sont en russe, s'exclama Jules, déconfit. Et ceux qui sont en anglais ont l'air très technique.

– Oui, tu as raison, ajouta Naïs, en parcourant les textes des yeux. Mais regarde les titres des articles, on dirait qu'ils traitent tous du même sujet : les bots ! Et d'après le peu que j'arrive à comprendre, ces bots ont un rapport avec Internet et les réseaux sociaux. Tu en as déjà entendu parler, Jules ? Toi qui es toujours sur ton ordinateur ?

– Euh… non ! Désolé.

– Alors, nous ne sommes pas beaucoup plus avancés… lâcha Naïs, en récupérant la clé USB.

Les voyant désemparés, Helena s'approcha des deux adolescents :

– Something wrong, kids[1] ? Je peux vous être utile ?

– Eh bien… si vous êtes un crack en informatique, peut-être ! répondit Naïs.

– Definitely not[2] ! s'exclama Helena. À part pour effectuer quelques recherches et consulter ma messagerie, j'utilise rarement mon ordinateur.

Devant l'air déçu de Jules et Naïs, Helena s'empressa d'ajouter :

– Par contre, j'ai un ami qui pourra sans doute vous aider. C'est un vrai geek ! D'ailleurs, c'est pour lui que je prépare cette chauve-souris.

– Eh bien, pourquoi pas ?

1. Quelque chose ne va pas, les enfants ?
2. Absolument pas !

– Alors je vous donne l'adresse de Graham. Vous pouvez aller le voir tout de suite, il n'habite pas loin d'ici !

En sortant de l'atelier de la taxidermiste, les deux adolescents étaient sceptiques :

– Comment quelqu'un qui aime les chauves-souris empaillées pourrait nous être d'une aide quelconque ? se demandait Jules.

– Difficile à dire ! Mais c'est notre seule chance de faire avancer notre enquête ! répondit Naïs.

– Notre... quoi ? s'étonna son frère.

– Au cas où tu ne t'en serais pas encore rendu compte, nous avons commencé à mener une enquête, s'amusa Naïs. Pour une fois, il t'arrive une aventure dans la vraie vie, Big-Julot, et pas dans tes jeux vidéo !

10

Quand Naïs et Jules frappèrent à la porte de l'ami de leur logeuse, ils ne s'attendaient pas à ce qu'un vieil homme d'au moins soixante-dix ans leur ouvre, tout souriant :

– Bonjour ! C'est vous les petits Français ? Helena vient de m'appeler pour me prévenir de votre arrivée.

– Euh... oui. Nous sommes Naïs et Jules, Monsieur...

– Appelez-moi Graham ! Come in ! Come in[1] !

L'appartement était plongé dans la pénombre, d'épais rideaux obstruant les fenêtres. Et même si l'âge de son propriétaire était plutôt avancé, l'intérieur était bien celui d'un passionné de nouvelles technologies. Les meubles du salon disparais-

1. Entrez ! Entrez !

saient sous un fatras d'ordinateurs et de matériel informatique en tout genre.

– Helena m'a dit que vous aviez des questions techniques à me poser ? demanda Graham en débarrassant deux fauteuils pour ses visiteurs.

– Oui ! répondit Naïs. Mais d'abord, il faut que nous vous racontions toute l'histoire depuis le début...

Alors que Naïs finissait son récit, Graham regardait les deux adolescents d'un air pensif :

– Et cette clé USB contenant ce mystérieux programme et les articles sur les bots, vous l'avez apportée ?

– Non, nous avons préféré la laisser en sûreté chez Mrs Crater, dit Naïs, désolée.

– Vous êtes prudents, les jeunes ! apprécia Graham. Vous voulez donc en apprendre plus sur les bots, c'est bien ça ?

– Oui, monsieur... euh... Graham, confirma Naïs.

– La première chose à savoir c'est que « bots » est une contraction du mot « robots », commença Graham. Mais attention, ils sont très loin de l'image que l'on se fait des robots ! Les bots sont en fait des programmes intelligents qui fonctionnent de manière autonome et automatique. On leur prête même une certaine personnalité.

– Comment ça ? s'étonna Naïs.

– Ils ont été conçus pour comprendre des informations et y réagir, comme de vraies personnes qui interviennent sur le Net...

– Vous voulez dire que sur les réseaux sociaux ou les forums, certains commentaires ne sont pas écrits par de véritables personnes mais par des logiciels ? le coupa Jules.

Graham acquiesça :

– C'est exactement cela. Les bots sont présents partout sur le Web, dans les moteurs de recherche, les sites commerciaux, les jeux vidéo...

– C'est un peu... effrayant ! s'exclama Naïs. Mais à quoi servent-ils exactement ?

– La plupart sont de simples chatbots, qui sont là pour répondre à vos questions ; des sortes d'assistants personnels, en somme. Mais le problème, c'est que leur action devient vite beaucoup plus pernicieuse.

– Comment cela ? intervint Jules, passionné par ce que disait le vieil homme.

– Eh bien, en multipliant les messages et les commentaires sur le Net, les bots arrivent à orienter les conversations des internautes, à mettre en avant une idée plutôt qu'une autre, à nous faire apprécier tel produit, tel artiste ou tel homme politique... Ils sont en quelque sorte les initiateurs des nouvelles tendances, des modes. Ils influencent ainsi les envies et les désirs des gens.

Naïs et Jules se regardèrent, éberlués. Jamais ils n'auraient pensé que leurs réseaux sociaux et leurs applications préférées étaient remplis de mini-robots donnant leur avis !

– Je… je n'arrive pas à y croire, bredouilla Naïs. C'est… c'est de la véritable propagande !

– Pire, de la propagande invisible ! asséna Graham.

11

Quand Graham revint de la cuisine où il était allé préparer du thé, Jules et Naïs étaient sans voix, toujours sous le choc des révélations du vieil homme.

– J'ai encore du mal à comprendre, reprit Jules. Comment ces sales bots arrivent-ils à nous influencer si facilement ? C'est dingue ce truc !

Graham sourit avant de répondre :

– Tous les deux, vous êtes sans doute inscrits sur des réseaux sociaux ? Facebook, Twitter ou autres ?

– Évidemment ! s'exclama Jules.

– Il y passe même ses journées, ajouta Naïs. À vérifier le nombre de Likes qu'il a obtenus pour ses photos !

– Eh bien voilà ! Vous avez trouvé comment les développeurs de bots arrivent à nous connaître et ensuite à orienter nos pensées, s'amusa Graham.

– Avec de simples Likes sur Facebook ? lança Jules, abasourdi.

– Entre autres ! Je vous explique… Chaque fois que vous likez, que vous mettez une photo en ligne, que vous donnez votre avis sur telle ou telle chose sur un forum, toutes ces données sont enregistrées et analysées par des logiciels extérieurs.

– J'hallucine ! s'exclama Jules.

– Grâce à ces informations, reprit Graham, ces logiciels nous connaissent, comprennent qui nous sommes, ce que nous aimons ou détestons, comment nous vivons et réagissons… Ils créent en quelque sorte un profil psychologique et émotionnel de chacun de nous. Et pour obtenir un profil fiable, des études ont prouvé qu'il leur suffisait de 150 Likes !

– J'y crois pas !

– Faisons un test, Jules ! dit Graham en allumant l'ordinateur le plus proche de lui. Donne-moi ton identifiant Facebook.

Le vieil homme se connecta au réseau social et commença à faire défiler les publications de Jules.

– Sans être un de ces programmes ultra-performants, voici ce que m'apprend ton profil. Tu aimes les jeux vidéo, et surtout Peace on World où ton avatar s'appelle Big-Julot. Et ton penchant pour les filles est certain, vu le nombre de fois où tu en parles ! Tu vis à Paris, dans un quartier plutôt sympa, tu as plein de copains dont tu recherches l'admiration. Tu es un peu le chef de la bande, non !?

– Impressionnant ! réagit Naïs en regardant son frère. Mais quel rapport avec les bots ?

– Comme je le disais, ces informations permettent de dresser un portrait de Jules. En se basant sur ce portrait, les bots peuvent alors lui envoyer des messages adaptés, qui lui parlent de ce qu'il aime... Par exemple, sur le jeu Peace on World, un joueur très très fort, que Jules admire particulièrement, peut en fait être un bot...

– Quoi !? l'interrompit Jules, l'air scandalisé. Mais c'est impossible !

– Pas du tout ! reprit Graham, avec un petit sourire amusé. Et si, dans ses commentaires, ce bot-joueur vante un autre jeu qu'il trouve formidable, tu iras sans doute l'essayer, Jules. Juste pour l'imiter, pour faire partie des initiés. Tu auras donc été influencé à ton insu... Mais ce n'est qu'un exemple ! ajouta Graham, en voyant la tête déconfite du jeune garçon.

– Peut-être, répondit Jules, un peu vexé. Mais dorénavant, j'essaierai de faire plus attention à ce que je publie. Et surtout, je lirai plus attentivement les politiques de confidentialité de mes comptes. J'avoue que, jusqu'à présent, je n'y prêtais pas beaucoup attention.

– C'est en effet une solution ! acquiesça le vieil homme.

De son côté, Naïs réfléchissait :

– Je vois bien les intérêts commerciaux qui entrent en jeu... Mais ces bots ne peuvent-ils pas aussi être utilisés à des fins criminelles ?

– Tout à fait ! Car si des bots sont créés par des personnes ou des entreprises malveillantes, ils deviennent très dangereux. En envoyant des messages ciblés, ils peuvent changer la façon de penser et de réagir d'une personne, et même de toute une population. D'ailleurs, ils sont de plus en plus utilisés en politique, surtout par les partis extrémistes, pour propager de fausses informations. C'est alors de la manipulation pure et simple ! conclut Graham.

– Dans quel pétrin on s'est mis en récupérant cette clé USB, marmonna Jules.

– Que veux-tu dire ? demanda Naïs, en se tournant vers son frère.

– Si ces bots sont tellement dangereux, que doit contenir le programme qui accompagne les articles ?

– Jules a raison ! intervint Graham. L'algorithme enregistré dans la clé a forcément un lien avec les bots. Et s'il est poursuivi, c'est que le jeune Ghost doit l'avoir dérobé à quelqu'un ou à une entreprise...

– Vous voulez dire que Ghost pourrait être malhonnête ? s'inquiéta Naïs, qui refusait de croire que le jeune homme aux beaux yeux gris soit un criminel.

– Difficile de répondre à cette question ! s'excusa Graham.

Au même moment, le portable de Jules se mit à sonner.

– Je… Je viens de recevoir un nouveau mail de Ghost ! déglutit-il. Il nous donne rendez-vous demain soir à la London Eye pour lui restituer la clé USB !

12

Le lendemain, en attendant de retrouver Ghost, Naïs proposa à son frère de poursuivre leurs visites. Ils essayèrent de s'intéresser aux momies du British Museum et de faire les boutiques de Carnaby Street, mais le cœur n'y était pas. Tous les deux ne pensaient qu'à une chose : leur rendez-vous avec Ghost à 19 h 30.

Aussi, dès 19 heures, les deux adolescents étaient au pied de la London Eye, l'impressionnante grande roue de Londres, au bord de la Tamise.

Plus l'heure du rendez-vous approchait, plus le frère et la sœur étaient tendus. Jules ne tenait plus en place, alors que Naïs n'arrêtait pas de vérifier que la clé USB se trouvait bien dans la pochette de son sac.

– Tu ne crois pas que nous commettons une erreur en remettant cette clé à Ghost ? demanda soudain Jules. Et s'il était mal intentionné ?

– J'y ai pensé moi aussi ! avoua Naïs. Mais de quel droit la garderions-nous ? C'est sa clé après tout. Et même si nous la conservions, qu'en ferions-nous ? Tu nous vois aller raconter à la police qu'un mystérieux type appelé « Fantôme » nous a donné une clé USB et qu'elle contient peut-être un programme dangereux ? Ils nous prendraient pour des fous !

– Tu as raison, admit Jules.

Son téléphone se mit à sonner.

– C'est un mail de Ghost ! annonça-t-il en faisant glisser son doigt sur l'écran. Il nous envoie deux tickets électroniques pour faire un tour sur la London Eye !

– Et lui, il ne vient pas ? s'exclama Naïs, déboussolée.

– Non. Il nous attend « au pied du monument qui s'éteindra dans 10 minutes », lut Jules, tout aussi étonné que sa sœur.

– Alors, dépêchons-nous de monter dans cette grande roue pour découvrir ce que tout ce mystère signifie !

Perchés dans une nacelle de la London Eye, 135 mètres au-dessus de la Tamise, les deux adolescents avaient une vue panoramique sur le centre de Londres, du palais de Westminster, siège du Parlement britannique, jusqu'à la City et ses buildings de verre. La nuit tombait sur la ville, les lumières des monuments se reflétant sur l'eau du fleuve.

– C'est magnifique ! dut reconnaître Jules.

– Oui, mais je ne vois rien d'anormal, constata Naïs, en regardant de tous les côtés.

Soudain, sur l'autre rive de la Tamise, les lumières qui illuminaient Big Ben, la grande tour de l'horloge du palais de Westminster, s'éteignirent. Dans la nacelle, des exclamations étonnées fusèrent des petits groupes de touristes.

– What's up ? s'écria une Anglaise. Where's Big Ben[1] ?

Jules n'en croyait pas ses yeux. Alors qu'une seconde auparavant Big Ben brillait dans la nuit, la tour était désormais plongée dans l'obscurité, laissant un trou noir au coin du palais.

– Comment Ghost a-t-il réussi ce tour de magie ? demanda Jules, impressionné.

– Je n'en sais absolument rien, répondit Naïs. Mais maintenant, nous savons où nous devons le retrouver !

Fendant la foule de touristes encore émerveillés de leur expérience sur la grande roue, les deux adolescents se dépêchèrent de traverser le pont de Westminster pour rejoindre Big Ben. Comme à toute heure de la journée, une foule se pressait

1. Que se passe-t-il ? Où est passé Big Ben ?

au pied du monument, tout étonnée de voir les lumières de la célèbre horloge éteintes.

– Tu vois Ghost ? s'inquiéta Naïs.

– Non, pas pour le moment, répondit son frère, en scrutant les alentours.

Une minute passa, puis deux, sans que Naïs et Jules reconnaissent le jeune hacker au milieu des passants et des touristes qui circulaient au pied de Big Ben.

– C'est vraiment bizarre qu'il ne soit pas au rendez-vous ! lança Jules, en relisant le message de Ghost sur son téléphone.

– Oui, mais je crois qu'il a bien fait de ne pas venir. Regarde qui est là !

Sur le trottoir, non loin d'eux, marchaient les deux colosses en costume-cravate qui avaient fait irruption la veille dans le pub The Ten Bells. Et comme Naïs et Jules, ils semblaient chercher quelqu'un. Et ce quelqu'un ne pouvait être que Ghost…

13

Naïs et Jules s'étaient un peu éloignés de la tour de Big Ben, de manière à observer les alentours sans attirer l'attention des poursuivants de Ghost. Les deux adolescents avaient décidé d'attendre quelques minutes avant de partir. Peut-être que le jeune hacker leur enverrait un autre message pour fixer un nouveau rendez-vous non loin d'ici ?

Jules consultait la boîte mail de son téléphone, quand Naïs lui fit remarquer :

– Regarde, Jules ! Ce n'est pas Graham, là-bas, sur le trottoir en face ?

– Oui, tu as raison ! répondit Jules en apercevant le vieil homme, juché sur un vélo. Qu'est-ce qu'il fait ici ?

Évitant de croiser les deux colosses à cravate, toujours postés près de la tour éteinte, le frère et la sœur rejoignirent leur nouvel ami.

– Oh ! Vous êtes là aussi, les petits Français, s'exclama Graham en les reconnaissant. Vous vous rendez compte, un mystérieux hacker a réussi à éteindre notre Big Ben ! Son exploit a déjà fait le tour du Net !

– C'est vrai ? s'étonna Jules.

– Oui, et tous les réseaux sociaux en parlent. La photo de Big Ben disparue dans la nuit est devenue virale en quelques minutes. Il paraît que les services municipaux essaient de rétablir la lumière, sans succès. Alors, pas question de rater cet évènement, je voulais voir ça de mes propres yeux ! Vous aussi, j'imagine ?

Les deux adolescents se regardèrent, embarrassés.

– Eh bien, pas tout à fait, répondit Naïs. Nous ne sommes pas là par hasard…

– Ghost nous a donné rendez-vous ici, expliqua Jules. C'est lui qui a éteint Big Ben !

– Si ce garçon est à l'origine de cette prouesse, je suis impressionné ! s'écria Graham, en levant les yeux vers la tour. Mais… je croyais que vous deviez le retrouver à la London Eye ?

– En fait… les plans ont changé au dernier moment, reprit Naïs.

Tout en expliquant les ultimes rebondissements de l'affaire à Graham, Naïs surveillait les deux colosses à costume du coin de l'œil. Après une dernière inspection autour de Big

Ben, ils s'éloignèrent et disparurent dans une rue adjacente.

– Eh bien, commenta Graham. Ce Ghost est vraiment méfiant et redoutablement intelligent !

– Oui, mais le problème, c'est qu'il ne s'est pas montré, intervint Jules. Et maintenant, nous ne savons pas quoi faire.

– Allons quand même jeter un coup d'œil au pied de Big Ben ! proposa Naïs. Peut-être que nous trouverons un indice...

L'intuition de Naïs ne l'avait pas trompée. Non loin du pied de l'horloge, caché dans la pénombre, un petit fantôme était dessiné, tracé à la craie sur le sol.

– Je suis sûre que c'est un signe de Ghost ! s'exclama Naïs.

– Oui, et regarde là, entre les deux dalles du sol, intervint Jules en s'accroupissant près du dessin. Il y a un bout de papier coincé !

Jules récupéra le petit morceau de papier plié en quatre et l'ouvrit :

– « Je suis repéré. Rendez-vous demain à 11 h chez Harrods. Déposez la clé sous les sucettes géantes du rayon confiserie. » lut-il. Ghost a réussi à nous laisser un message... Mais qu'est-ce que ça veut dire ? C'est quoi cette histoire de Harrods et de sucettes géantes ?

De son côté, Naïs réfléchissait.

– Pour Harrods, je crois savoir de quoi il s'agit. Mes guides touristiques en parlent… C'est un très grand et très luxueux magasin de Londres, un peu l'équivalent du Printemps ou des Galeries Lafayette à Paris. Par contre, pour les sucettes, je ne vois pas du tout !

– Je peux peut-être vous aider, intervint Graham, qui les avait accompagnés. J'avoue que j'adore les sucreries, alors je connais bien le rayon confiserie de Harrods. En plein centre, se trouve un présentoir rond surmonté de sucettes et de sucres d'orge de plus d'un mètre de haut. Vous ne pouvez pas le manquer !

– Il est quand même bizarre ce type, ronchonna Jules. Nous demander de laisser une clé USB au milieu de paquets de bonbons !

– Je pense qu'il essaie de trouver des endroits inattendus, fit remarquer Naïs. Tu vois bien que ces deux colosses ne le lâchent pas. En tout cas, merci pour votre aide, Graham.

– Oh, ce n'est rien, répondit le vieil homme en enfourchant son vélo. Promettez-moi juste de me tenir au courant de la suite de cette histoire. C'est diablement passionnant !

– Promis, Graham ! s'engagea Naïs. À bientôt !

– See you soon[1] ! dit Graham en s'éloignant.

1. À bientôt !

Alors que Naïs et Jules rejoignaient la station de métro toute proche pour rentrer, Big Ben se ralluma, éclairant le petit dessin de fantôme. Même pour un jeune homme comme Ghost, rester caché dans l'ombre se révélait une mission impossible…

14

Le lendemain matin, Jules et Naïs se levèrent de bonne heure. Ils voulaient se rendre assez tôt chez Harrods pour avoir le temps de repérer les lieux.

– Vous êtes déjà debout, mes chéris, s'étonna leur mère en les embrassant. Jules, tu ne profites pas des vacances pour faire la grasse matinée ?

– Oh tu sais, maman, Naïs a prévu tellement de visites que je n'ai pas le temps de traîner au lit, répondit Jules, en faisant un clin d'œil à sa sœur. Et puis, Londres est une ville vraiment très intéressante ! Il s'y passe toujours quelque chose d'inattendu... Pas vrai, Naïs ?

– C'est le moins que l'on puisse dire ! ajouta sa sœur, en s'asseyant à son tour à la table du petit déjeuner. Et toi, maman, comment se déroule ton congrès ?

– Merveilleusement bien ! D'ailleurs, vous devriez venir faire un tour au Natural History Museum, les expositions sont très bien mises en valeur !

– C'est prévu, dit Naïs. Mais aujourd'hui, nous n'aurons sans doute pas le temps !

– Du moment que vous vous amusez et profitez de votre séjour, c'est le principal, répliqua sa mère en finissant son thé. Bon, il faut que j'y aille, moi ! Où est-ce que j'ai bien pu poser mon sac à main ?

Naïs, amusée, désigna le bord de l'évier.

– Juste devant toi, maman !

– Quelle idée de l'avoir laissé à cet endroit, s'amusa Lucile en glissant son sac à son épaule.

– C'est exactement la réflexion que j'étais en train de me faire, blagua Jules. À ce soir, maman !

– À ce soir, mes chéris !

Avec une bonne heure d'avance, Jules et Naïs arrivèrent devant le grand magasin Harrods, dont la magnifique façade ouvragée s'étendait le long de Brompton Road. À l'aide du plan fourni dans le hall d'entrée, les deux adolescents commencèrent à se repérer.

– Regarde, Naïs, il y a un espace consacré aux animaux de compagnie, dit Jules, amusé. Ils ont même leur propre spa ! Tu imagines des chiens en train de se faire masser après un bain à bulles ? Et il y a aussi un étage entier dédié aux jeunes. Il doit y avoir un choix de jeux vidéo à tomber par terre !

– Sans doute, mais je te rappelle que nous cherchons la confiserie !

– Oui, bien sûr ! se rattrapa Jules, en se replongeant dans le plan du magasin. Je pense qu'elle se trouve au premier sous-sol, dans le Food Hall[1].

– Tu as raison, opina Naïs. Épicerie fine, thé, café, chocolats... et confiserie. Allons-y !

Alors qu'ils atteignaient les escalators, les deux adolescents s'arrêtèrent, ébahis par le décor.

– On se croirait dans le tombeau d'un pharaon, s'étonna Jules.

– Un peu trop doré à mon goût, mais en effet, c'est impressionnant, ajouta sa sœur.

Des piliers ornés de hiéroglyphes, des statues égyptiennes, des balcons ouvragés, des colonnes en pierre s'élevaient entre les étages du magasin dans une explosion de dorures.

– On pourra dire à maman qu'on est allés visiter une sorte de musée ! Ça lui fera plaisir, s'amusa Jules en prenant une photo avec son téléphone.

L'étage dédié à l'épicerie fine de Harrods était lui aussi très luxueux. Sous une coupole décorée de peintures Art déco, de grandes vitrines présentaient toutes sortes de produits. Les vendeurs sou-

1. Étage dédié à la nourriture.

riants portaient des canotiers et une cravate sous leur gilet clair. Des fruits exotiques, des pâtisseries du monde entier, mille et un thés, une sorte d'orgue à café, des étals de poisson frais, des plats préparés… les deux adolescents ne savaient où regarder.

– Tout ça me donne faim, lança Jules en s'arrêtant devant un comptoir qui proposait des sushis.

– Plus tard, répondit Naïs. Le rayon confiserie, c'est par ici.

S'il y avait un paradis du bonbon, c'était bien Harrods ! Brochettes de guimauves, bocaux aux étiquettes colorées remplis de dragées, de caramels, de berlingots à tous les parfums, sachets de sucettes par dizaines, distributeurs de pastilles de toutes les couleurs de l'arc-en-ciel… et au milieu de cet espace dédié aux gourmands, un présentoir rond surmonté d'énormes sucettes et de sucres d'orge, tel que le leur avait décrit Graham.

– Voici l'endroit où nous devons déposer la clé USB pour Ghost, dit Naïs, soudain grave.

– Oui, glisse-la derrière les paquets de bonbons, juste sous la sucette la plus grande !

Il était 10 h 55. Si tout se passait bien cette fois, Ghost aurait récupéré sa clé dans cinq minutes tout au plus, et l'aventure de Naïs et Jules serait terminée.

Dissimulés derrière une étagère, faisant mine de choisir parmi les bonbons proposés, Jules et Naïs ne quittaient pas des yeux le présentoir aux sucettes géantes.

Une petite fille et sa mère approchèrent, puis une vieille dame… et soudain, de derrière un comptoir, surgit un jeune à capuche, l'air fébrile et les yeux cernés : c'était Ghost !

Mais le jeune informaticien n'eut pas le temps de fouiller parmi les sachets de bonbons. Les deux types baraqués en costume sombre déboulèrent à leur tour dans la confiserie et foncèrent droit sur lui.

Naïs et Jules les regardèrent, médusés.

– Encore eux ! dit Jules. C'est du délire. Ils ne le lâchent pas d'une semelle.

En découvrant les deux hommes, Ghost avait rebroussé chemin en courant. Bousculant un couple de touristes au passage, il s'enfuit vers une autre zone du magasin, aussitôt suivi par les colosses en costume.

Jules se tourna vers Naïs, découragé :

– C'est raté ! Une fois de plus…

– Oui, admit sa sœur, pensive. Je ne comprends vraiment pas comment ces deux types arrivent à connaître nos lieux de rendez-vous.

– Peut-être qu'ils ont placé un programme traceur dans le portable de Ghost ? dit Jules.

– C'est un hacker, il s'en serait aperçu quand même ! rétorqua Naïs.

– Tu as sans doute raison, mais je n'ai pas d'autre explication !

– Moi non plus, concéda Naïs. Et pour le moment, nous n'avons pas le choix : nous devons récupérer la clé USB et la garder pour lui !

La clé bien cachée au fond du sac de Naïs, les deux adolescents sortirent du magasin. Anxieux, Jules ne cessait de consulter son téléphone, guettant un nouveau message de Ghost. Mais l'appareil demeurait muet.

– Ne restons pas là, proposa Naïs. Essayons de profiter de notre journée. Ça te dit d'aller voir les écureuils de St James's Park ?

– Va pour les écureuils !

*

Ce n'est que le soir, de retour à la maison de Mrs Crater, que Jules entendit enfin son téléphone émettre une alerte.

– C'est Ghost ? demanda aussitôt Naïs, en se penchant vers l'écran.

– Oui, il nous fixe un nouveau rendez-vous demain matin au magasin Cyberdog à Camden Town. Tu connais ?

– Non, ça ne me dit rien.

– Vous voulez aller chez Cyberdog ? intervint Helena Crater, qui ajoutait un hibou empaillé à la vitrine du salon. Cette boutique est fantastique, vous n'en croirez pas vos yeux ! Je vous indiquerai comment vous y rendre, si vous voulez.

– Avec plaisir, Helena, répondit Naïs.

– Si notre chère taxidermiste adore ce magasin, on a du souci à se faire, tu ne crois pas ? souffla Jules à l'oreille de sa sœur. Surtout avec un nom pareil, « Chien cybernétique »… Ça doit plutôt être la boutique des horreurs !

15

La nuit fut longue pour Naïs. Bien qu'elle se soit maintenant habituée à la présence de l'effrayant lion empaillé dans la chambre, elle n'arrivait pas à trouver le sommeil. Elle tournait encore et encore toute cette histoire avec Ghost dans sa tête : ces rendez-vous manqués, ces deux colosses menaçants qui n'arrêtaient pas de poursuivre le jeune hacker, cette invasion inquiétante de bots sur le Net que leur avait fait entrevoir Graham...

Où était Ghost à cette heure ? Naïs espérait qu'il avait réussi à s'échapper et à se cacher quelque part. Elle croyait de moins en moins qu'il avait le mauvais rôle dans cette affaire. Que pouvait donc avoir fait Ghost à ces hommes pour qu'ils le pourchassent ainsi ? Que contenait cette clé de si important pour qu'il ne veuille pas qu'ils s'en emparent ? Tant de questions pour le moment sans réponses. Même Graham, à qui elle avait raconté toutes leurs mésaventures chez Harrods, n'avait pu lui apporter un début de piste.

« Que ferait papa s'il était là ? » se demanda Naïs en faisant rouler les billes de son bracelet entre ses doigts. Il aiderait celui qui en avait besoin, tout en continuant à chercher la vérité, coûte que coûte… « Jules et moi n'avons qu'à faire la même chose » se dit-elle, un sourire aux lèvres, fermant enfin les yeux.

*

En descendant du métro à Camden Town, Jules et Naïs eurent l'impression d'avoir été transportés dans une autre ville, dans une atmosphère encore différente de tous les quartiers de Londres qu'ils avaient vus depuis le début de leur séjour. Les passants avaient un look bien particulier, certains affichant des cheveux coiffés en crête, des piercings, de grosses chaînes sur des pantalons de cuir, ou de nombreux tatouages. Une énorme basket jaune s'enfonçant dans un mur signalait un magasin de chaussures. Des anneaux de nez géants ornaient la façade d'un autre, tandis qu'une tête de mort surmontait l'entrée du suivant.

En pénétrant dans les allées couvertes du marché, les deux adolescents découvrirent un mélange de boutiques gothiques, punk et grunge qui proposaient jeans troués, tenues paramilitaires, colliers à croix d'argent et autres robes couleur cimetière.

Et soudain, dans un coin du marché, à nouveau tout autre chose : deux immenses robots humanoïdes argentés fixés sur une façade de brique marquaient l'entrée du magasin Cyberdog.

– C'est quoi ce truc délirant ? demanda Jules en franchissant la porte à la suite de Naïs. On est dans un monde parallèle ou quoi ?

– Peut-être dans un de tes jeux vidéo ! répondit Naïs, amusée.

L'intérieur du magasin était plongé dans la pénombre, seulement éclairé par des tubes fluorescents qui couraient le long des murs et par quelques spots colorés qui s'allumaient au rythme de la musique électro. Une musique si forte qu'elle semblait emplir à elle seule la totalité des étages du magasin.

– Ça m'étonne qu'Helena Crater aime cette boutique ! fit remarquer Jules en s'approchant des portants à vêtements. C'est un peu coloré pour elle, non ?

En effet, les articles proposés aux clients de Cyberdog tranchaient avec le style gothique de leur logeuse. Couleurs fluo, vert pomme, jaune citron, rouge pétard, micro-shorts et chaussures en plastique à talons méga-compensés ne semblaient pas avoir leur place dans la garde-robe de la taxidermiste.

– Allons voir en haut si Ghost est arrivé, proposa Naïs.

À l'étage, perchées sur de petites plateformes sortant du mur, des danseuses aux longs cheveux crépus et colorés s'agitaient sur la musique toujours aussi forte.

– Tu devrais essayer cette minijupe, Naïs ! s'amusa Jules en montrant un cintre. Je suis sûr qu'elle t'irait à ravir !

– Et toi ce marcel ultra-moulant à têtes de mort fluo ! rétorqua sa sœur. Si tu veux, je te prends en photo avec pour ton Facebook ?

Jules ne releva pas. Son sourire avait disparu et il s'était figé, le cintre à la main.

– J'y crois pas ! Ils sont encore là, ces vautours !

– Qui ça ?

– Les deux poursuivants de Ghost ! Ils viennent d'entrer, répondit Jules en tirant sa sœur en arrière. Planquons-nous !

– Je te rappelle que ce n'est pas nous qu'ils recherchent, mais Ghost !

D'ailleurs, au même moment, les deux colosses à costume s'approchèrent d'un jeune homme en jean et sweat à capuche qui comparait des casques de musique à quelques mètres de Jules et Naïs. Ils l'empoignèrent par l'épaule et lui arrachèrent sa capuche pour voir son visage.

– Ouf ! Ce n'est pas Ghost, soupira Naïs, soulagée, en découvrant les cheveux roux du jeune garçon.

– Heureusement ! ajouta Jules. Mais ces deux baraques ne lâchent pas l'affaire. Ils inspectent le reste du magasin. Même si Ghost est venu, on ne va toujours pas pouvoir lui rendre sa clé USB avec eux dans les parages... C'est trop dangereux !

Alors que le frère et la sœur redescendaient au rez-de-chaussée, une vendeuse à la tenue psychédélique s'approcha d'eux, un téléphone à la main.

– You're Naïs and Jules, right ? Someone is calling for you[1] !

– Pour nous ? s'exclama Jules en saisissant le combiné. Mais qui peut nous appeler ici ?

– C'est moi, Ghost ! dit la voix au téléphone. Tu es bien Jules ?

– Euh... oui ! Oui !

– Les deux hommes en costume, ils sont dans le magasin n'est-ce pas ? demanda Ghost.

– Oui ! Mais comment le sais-tu ? répliqua Jules, de plus en plus étonné du tour que prenait la conversation.

– Je m'en doutais ! Maintenant, je suis certain qu'ils vous suivent.

1. Vous êtes bien Naïs et Jules ? Un appel pour vous !

– Ils nous suivent !? Nous ? s'écria Jules, en jetant un regard inquiet autour de lui. Mais je pensais que c'était toi qu'ils cherchaient...

– En effet, mais ces deux hommes retrouvent trop facilement notre trace. J'ai voulu vérifier mon hypothèse en vous fixant ce faux rendez-vous chez Cyberdog, expliqua Ghost. Et j'avais raison : puisqu'ils n'ont pas pu lire le message sur papier que je vous avais laissé à Big Ben, c'est qu'ils vous espionnent d'une manière ou d'une autre.

– Mais... comment ? bredouilla Jules. Je te jure que nous ne leur avons rien dit ! Nous ne savons même pas qui ils sont !

– Je te crois, ne t'en fais pas. Mais cette fois, je pense qu'on peut leur fausser compagnie, reprit Ghost. Retrouvez-moi à la maison du détective dans une heure exactement. Et surtout n'en parlez à personne !

Sur ces mots mystérieux, Ghost raccrocha.

16

Figés dans le hall du magasin Cyberdog, Jules et Naïs se regardaient, totalement déconcertés après les révélations de Ghost.

– Ghost t'a dit que nous étions espionnés ! s'exclama Naïs, qui n'arrivait toujours pas à y croire. Alors, il faut partir d'ici tout de suite avant que ces deux types redescendent et nous repèrent !

– Oui, répondit Jules, en sortant de la boutique à la suite de sa sœur. Mais je n'ai pas compris où Ghost nous avait donné rendez-vous. Il a parlé de la « maison du détective ». Comme si c'était une évidence...

– La maison du détective... je ne vois pas... dit Naïs, un peu tendue. Dans tous les cas, dépêchons-nous de rejoindre la station de métro. Nous réfléchirons en marchant.

Perdu dans ses pensées, Jules suivait machinalement sa sœur dans le dédale des ruelles du marché de Camden Town. Un détective, à Londres… Soudain, il s'arrêta, un grand sourire sur les lèvres.

– Mais oui, j'ai trouvé, s'écria-t-il. Le détective le plus célèbre de la ville, c'est Sherlock Holmes ! Pourquoi n'y ai-je pas pensé plus tôt ? J'ai vu la série consacrée à ses enquêtes à la télé.

– Tu veux dire, pourquoi moi je n'y ai pas pensé plus tôt ? se reprocha Naïs. J'ai lu tous les livres de Conan Doyle. Ghost nous a donc donné rendez-vous dans la maison de Sherlock Holmes… Je sais où elle se trouve : au 221B Baker Street !

– Mais comment ce lieu peut-il exister ? s'interrogea Jules en reprenant sa marche. Sherlock Holmes est un personnage fictif, donc sa maison aussi.

– Exact, mais une maison de Baker Street, une rue qui existe vraiment, a été transformée en musée, expliqua Naïs en descendant à toute allure les marches du métro. La plaque porte le numéro 221B, même si le musée est au 239.

– Comment tu sais tout ça ?

– Je l'ai lu dans mon guide, répondit Naïs, toute fière. Tu verras, ce n'est pas très loin d'ici, nous y serons à temps !

Quand ils arrivèrent devant la porte noire du musée Sherlock Holmes au 221B Baker Street,

Jules et Naïs repérèrent tout de suite Ghost. Le jeune homme les attendait, capuche rabattue sur le visage, appuyé contre la grille noire qui bordait le trottoir.

– Jules, Naïs ! Enfin, on se retrouve, leur dit-il en souriant timidement.

– Oui, cela n'a pas été facile, répondit Jules.

Naïs ouvrit son sac à dos où elle prit la clé USB pour laquelle les deux adolescents avaient parcouru tout Londres ces derniers jours. La tendant à Ghost, elle eut un instant d'hésitation :

– Tu... tu n'as pas de mauvaises intentions, avec ces bots, n'est-ce pas ?

– Vous êtes au courant pour les bots ? s'exclama Ghost, interdit.

– Nous avons regardé les articles qui étaient enregistrés dans la clé, expliqua Jules. Et ne sachant pas du tout ce que c'était, nous nous sommes un peu renseignés sur les bots... Nous avons appris que leur utilisation pouvait parfois être dangereuse, voire criminelle.

– En effet, admit Ghost. Mais ne vous inquiétez pas, je ne veux pas utiliser le contenu de cette clé de façon malhonnête, au contraire... Je peux la prendre maintenant ?

– Évidemment, elle est à toi ! répondit Naïs en déposant la clé dans la main du jeune informaticien. Et à présent, que vas-tu faire ? Avec ces deux colosses à tes trousses.

Alors que Ghost glissait la précieuse clé dans la sacoche de son ordinateur portable, il releva la tête, l'air un peu perdu.

– Ben… en fait, je n'en ai aucune idée ! Je ne peux plus retourner chez moi et je n'ai aucun ami à Londres…

Jules et Naïs se consultèrent du regard et comprirent vite qu'ils étaient du même avis.

– Nous pouvons peut-être t'aider, proposa Naïs.

– C'est très gentil… mais je ne vois pas très bien comment, répondit Ghost.

– D'abord, nous allons manger, intervint Jules. Qu'est-ce que vous en dites ? Toutes ces péripéties m'ont donné faim !

– Pourquoi pas, acquiesça Ghost. Dans un endroit discret alors, pour que je puisse vous expliquer ce que contient cette clé USB. Il vaut mieux que vous sachiez dans quoi vous vous engagez exactement avant de m'aider. Et puis, on ne sait jamais, s'il m'arrive quelque chose, vous serez au courant de tout…

– Tu vas réussir à nous faire peur si tu continues comme ça ! s'inquiéta Jules.

– Quand vous connaîtrez toute l'histoire, peut-être, oui… soupira Ghost en suivant le frère et la sœur.

17

Ghost avait amené Naïs et Jules dans un petit restaurant spécialisé dans les *jacket potatoes,* de grosses pommes de terre cuites au four, garnies d'une sauce au choix. Et justement, Jules hésitait devant le comptoir :

– Qu'est-ce que tu prends, Naïs ? Jambon fumé et tomates séchées ou saumon à la crème ?

– Hmmm... Plutôt poulet façon thaï, répondit Naïs en passant sa commande.

– Et toi, Ghost ? demanda Jules, toujours indécis.

– Ce sera bœuf au chili !

– Ah oui, c'est pas mal aussi !... Finalement, je vais prendre guacamole et haricots noirs, se décida Jules, en souriant à la jeune serveuse.

Tandis qu'il laissait refroidir un peu sa patate fumante, Ghost se lança :

– Vous vouliez en savoir plus sur le contenu de ma clé USB. Mais pour que tout soit clair, je préfère commencer par le début de cette histoire, de mon histoire…

– On t'écoute, l'encouragea Naïs.

– Depuis mon enfance, en Ukraine, j'adore tout ce qui touche l'informatique : programmation, création de sites Internet, jeux vidéo… Je ne vivais que pour ça. Au départ, je voulais devenir développeur de jeux et venir travailler dans votre pays, la France. J'ai même appris quelques mots de français en chattant avec un autre joueur !

– Moi aussi, j'adore les jeux vidéo, intervint Jules. Surtout Peace on World !

– Oui, j'ai déjà joué à ce jeu, répondit Ghost. Je suis arrivé au dernier niveau en fait…

– Waow ! Respect total, s'exclama Jules. Trop fort ! J'y joue depuis plus d'un mois et je n'en suis qu'au troisième !

– Très beau résultat, commenta Naïs, qui ne comprenait pas bien en quoi cela constituait un exploit. Tu as donc travaillé dans le jeu vidéo, Ghost ?

– Hélas non, je n'ai pas réalisé ce rêve, reprit le jeune informaticien. J'ai été repéré sur le Net par une bande de hackers russes, pour qui j'ai travaillé quelque temps…

– Mais tu avais quel âge à ce moment-là ? l'interrompit Jules.

– Quatorze… quinze ans, je crois.

– Ah oui quand même ! admira Jules.

– J'ai ensuite été contacté par un entrepreneur anglais qui m'a proposé de venir à Londres rejoindre sa team[1] de développeurs. C'est comme ça que je suis arrivé dans cette ville il y a quelques mois. Et que j'ai commencé à travailler pour PsyAnalytics.

– Tu faisais quoi exactement chez eux ? demanda Naïs.

Ghost engloutit un morceau de sa pomme de terre avant de répondre, ce qui attisa encore plus la curiosité de Naïs.

– Eh bien, cette société est spécialisée dans les opérations de manipulation de l'opinion sur Internet. En gros, elle répand des fake news[2] pour servir les intérêts de ses clients. Les développeurs de PsyAnalytics ont notamment créé 20 millions de bots dormants dans ce but… Et moi, j'ai écrit l'unique programme capable de les activer.

– Des bots… dormants, tu dis ? s'exclama Naïs, déconcertée. Qu'est-ce que c'est que ça encore ?

– Des comptes Twitter qui dorment dans un coin du Net… Ils n'attendent qu'un signal pour envahir la toile de fausses informations, choisies et orientées selon le désir de leurs commanditaires, expliqua Ghost. Ces bots constituent

1. Son équipe.
2. Fausses nouvelles.

une véritable petite armée de propagande que PsyAnalytics souhaite vendre au plus offrant : extrémistes, régimes dictatoriaux ou autres organisations du même acabit...

Propagande, extrémistes... Ces mots rappelèrent à Jules et Naïs les propos de Graham. Comme ils l'avaient pressenti, le contenu de la clé USB qu'ils avaient protégée durant ces derniers jours était donc tout sauf anodin...

– Quand j'ai découvert que mon travail risquait de servir à des fins criminelles, j'ai décidé de détruire mon algorithme dans l'ordinateur de PsyAnalytics, reprit Ghost. Puis je me suis enfui en emportant la seule copie existante sur cette clé USB...

– Je comprends maintenant pourquoi les gardes du corps de ton patron te poursuivent sans relâche ! intervint Jules, qui n'avait pas touché à son plat, captivé par le récit de Ghost.

– Oui ! Mon programme vaut des millions pour PsyAnalytics. Sans lui et sans mes codes d'accès, ces bots dormants sont inutilisables. Mon patron n'a pas le choix, il doit vouloir me retrouver pour me contraindre à le réécrire. Car il ignore que j'en possède une copie...

– Mais pourquoi n'es-tu pas allé voir la police ? l'interrogea Naïs. Leur expliquer toute l'affaire ? Ils auraient pu t'aider et arrêter les agissements de PsyAnalytics.

– Parce que je n’ai que 17 ans, aucun contrat de travail et que je suis entré illégalement en Grande-Bretagne ! lâcha Ghost, sans oser regarder Naïs et Jules.

18

Impressionnés par les révélations de Ghost, Naïs et Jules lui proposèrent de marcher dans les allées de Regent's Park pour réfléchir à ce qu'ils allaient faire. Bien qu'il ait seulement quelques années de plus qu'eux, Ghost semblait avoir déjà vécu mille vies et affronté mille dangers : une collaboration avec des hackers russes, l'entrée en Grande-Bretagne sans visa, l'errance dans les rues de Londres avec des gardes du corps à ses trousses...

Rompant le silence qui s'était installé entre eux, Naïs osa une question qui lui trottait dans la tête depuis le début de cette aventure :

– Dis-moi, Ghost, pourquoi nous as-tu confié ta précieuse clé USB, ce jour-là, au pub The Ten Bells ? Tu ne nous connaissais même pas...

– C'est vrai. Mais depuis la veille, je savais que les deux adjoints de mon boss me suivaient. Dans chaque endroit où je me posais, j'observais donc les gens qui m'entouraient et je repérais celui ou celle qui m'inspirait le plus confiance. Ainsi, en cas en danger, je pourrais laisser ma clé USB à cette personne. Dans le pub, c'est vous que j'avais choisis.

Jules regarda le jeune informaticien d'un œil admiratif :

– Tu as vraiment pensé à tout, Ghost ! Mais j'aimerais comprendre... Comment ces satanés gardes du corps ont-ils pu retrouver ta trace aussi vite après ta fuite ?

– Eh bien... dans les deux premiers endroits où ils ont surgi, une saladerie et le pub The Ten Bells, je m'étais connecté au wi-fi gratuit, expliqua Ghost. J'en ai donc déduit qu'un gars de PsyAnalytics avait dû installer à mon insu un programme de géolocalisation dans mon ordinateur portable.

– Et tu l'as trouvé ? demanda Naïs, qui ne perdait pas une miette des explications.

– Oui ! Et supprimé aussitôt ! répondit le jeune informaticien. J'ai également vérifié mon téléphone, mais je n'ai rien détecté. Pour plus de sûreté, j'ai quand même changé ma carte SIM...

– Pourtant, ces deux colosses ont continué à être sur nos traces, s'exclama Jules. Au pied de Big

Ben, chez Harrods... Encore ce matin au magasin Cyberdog, ils étaient là !

– C'est vrai, Jules, concéda Ghost. Mais comme tu viens de le dire, ils se trouvaient seulement sur les lieux où nous nous étions donné rendez-vous... Le reste du temps, alors que je me suis à nouveau connecté à Internet et que j'ai utilisé mon téléphone pour réserver une chambre d'hôtel, je ne les ai pas vus !

– Tu en as donc conclu que c'étaient nous que les gardes du corps pistaient à présent ? intervint Naïs, intriguée.

– Oui, c'est la seule explication. Mais je ne comprends toujours pas comment ils s'y prennent... C'est un mystère complet ! conclut Ghost en s'asseyant sur un banc, découragé.

Les paroles de Ghost plongèrent encore plus Naïs dans la perplexité. Elle non plus ne voyait pas comment ces deux colosses parvenaient à les suivre, son frère et elle. Mais une chose était sûre : il fallait à tout prix empêcher PsyAnalytics de submerger le Net de fausses nouvelles et de propagande grâce à son armée de bots dormants.

Pour se donner du courage, Naïs pensa à son père, se demandant ce qu'il aurait fait dans cette situation... Il aurait sans doute paré au plus urgent : aider Ghost. Une idée lui vint alors, comme une évidence :

– Je sais où tu serais en sécurité, Ghost. Chez notre ami Graham ! Il t'accueillera avec plaisir, j'en suis sûre.

– Mais oui, Naïs a raison, renchérit Jules. Il est fou d'informatique, comme toi. Il saura sans doute comment faire pour te sortir de cette situation. Et puis, au moins, chez Graham, tu ne devras pas partager ta chambre avec un lion !

– Un lion ? Que veux-tu dire ? s'exclama Ghost, surpris.

– Ça aussi, c'est une longue histoire, soupira Jules.

19

Comme Naïs et Jules s'y étaient attendus, Graham accueillit Ghost les bras ouverts :

– Très heureux de rencontrer le jeune prodige qui a réussi à éteindre les lumières de Big Ben ! le félicita le vieil homme en faisant entrer les trois adolescents chez lui.

– Nous avons un service à vous demander, Graham. Pourriez-vous loger notre ami Ghost quelques jours dans votre appartement ? s'enquit Naïs. Il n'a nulle part où aller, vous comprenez. Enfin, si cela ne vous dérange pas...

– Pas du tout ! Pas du tout ! Vous avez eu raison de me l'amener. Vous allez tout m'expliquer autour d'un thé, répondit le vieil homme en souriant. Installez-vous pendant que je le prépare dans la cuisine... Je reviens dans quelques minutes !

– Merci beaucoup Graham ! fit Naïs en se dirigeant vers le salon. Tu vois, je te l'avais dit, Ghost, ajouta-t-elle à l'intention du jeune homme. Graham va t'aider...

Alors qu'elle s'asseyait dans un fauteuil, au milieu du fatras de matériel informatique du vieil homme, le regard de Naïs fut attiré par un bloc-notes, posé près d'un clavier d'ordinateur de Graham. Elle se releva aussitôt, intriguée.

– Regardez ce qui est écrit là-dessus ! chuchota Naïs, en montrant le Post-it à son frère et à Ghost.

– PsyAnalytics, lut Jules, abasourdi. Et un numéro de téléphone... Mais qu'est-ce que ça signifie ? Pourquoi Graham a-t-il contacté la société pour laquelle travaillait Ghost ?

À ses côtés, sa sœur avait blêmi. Plusieurs moments de ces derniers jours s'agrégeaient dans sa tête comme les pièces d'un puzzle... Elle venait de comprendre qui les trahissait depuis le début ! Mais comment n'y avait-elle pas pensé plus tôt ? Elle faisait une bien piètre enquêtrice...

– C'est lui ! C'est Graham qui a prévenu PsyAnalytics de tous nos lieux de rendez-vous ! Il était le seul à être au courant !

– Qu'est-ce que tu dis, Naïs ? s'exclama Ghost.

– Je suis désolée, Ghost, mais jamais je n'aurais pensé qu'il viendrait s'immiscer dans cette affaire. Le jour où nous avons récupéré ta clé USB au pub, nous sommes juste venus lui demander quelques explications sur les bots...

– Nous avons reçu ton second message ici même, intervint Jules, qui avait compris les déductions de sa sœur. Graham savait donc que nous devions te retrouver à la London Eye le lendemain... Il a dû prévenir les deux colosses de PsyAnalytics, avant de s'y rendre lui aussi. Et quand nous sommes allés à Big Ben, il nous y a suivis. Nous l'avons croisé sur son vélo, rappelle-toi, Naïs !

– Exact, et il était toujours avec nous quand on a découvert le mot au pied de l'horloge, reprit Naïs. C'est même lui qui nous a indiqué comment nous rendre chez Harrods... Et hier au téléphone, je lui ai parlé du magasin Cyberdog...

Elle adressa à Ghost un regard désolé.

– Nous n'avons plus de temps à perdre, réagit Ghost en récupérant ses affaires. Dépêchons-nous de partir avant qu'il ne revienne ! Peut-être a-t-il déjà alerté les deux adjoints de mon ancien boss...

Mais les trois adolescents ne purent pas faire un pas en dehors du salon. Graham se tenait à la porte, un pistolet pointé dans leur direction. Son sourire bon enfant avait disparu, laissant place à un rictus sarcastique.

– En fait, ils sont déjà en route, leur asséna-t-il. Et vous, vous ne bougerez pas d'ici. Surtout toi, Ghost.

Le vieil homme obligea Naïs, Jules et Ghost à reculer, les acculant au fond de la pièce.

– Je n'arrive pas à y croire ! Dire que vous prétendiez être notre ami ! Comment avez-vous pu nous dénoncer ? intervint Jules, blanc de rage, les poings serrés.

– Et comment connaissez-vous PsyAnalytics ? ajouta Naïs. Vu ses activités, cette société doit essayer de rester la plus discrète possible…

– Vous êtes bien naïfs ! se moqua Graham, sans les lâcher du regard. Vous m'avez vraiment pris pour un gentil vieux papi !

Ghost étudia plus attentivement le matériel informatique à la pointe de la technologie qui se trouvait autour de lui :

– Il est sans doute en lien avec le milieu des hackers. Il n'a dû avoir aucun mal à trouver des infos…

– Votre ami est décidément très intelligent, ricana Graham. C'était en effet un jeu d'enfant de remonter jusqu'à PsyAnalytics. Je n'ai eu qu'à envoyer un message à quelques connaissances. Seule une poignée de sociétés à Londres travaille sur les bots et en les contactant les unes après les autres, j'ai vite appris que PsyAnalytics était à la recherche d'un de ses développeurs qui s'était enfui après avoir détruit un programme important… Il m'a alors suffi de leur passer un coup de fil et de les tenir au courant de vos allées et venues. Avec un joli pactole à la clé !

Naïs et Jules se regardèrent, écœurés. Jamais ils n'auraient cru que le vieil homme jouait un tel double jeu avec eux. Que pouvaient-ils faire maintenant ? Tenter une diversion, lui promettre une récompense plus importante, essayer de l'amadouer ?

Les trois adolescents n'avaient plus que quelques minutes pour trouver une solution et échapper à Graham...

Plus que quelques secondes même, car la sonnette de l'appartement du vieil homme venait de retentir...

20

Naïs, Jules et Ghost se regardaient, impuissants, alors que Graham les menaçait toujours de son arme, un petit sourire victorieux aux lèvres.

– Ce doit être nos chers amis de PsyAnalytics, dit-il. Ne bougez pas de là pendant que je vais leur ouvrir...

Alors que Graham marchait vers la porte d'entrée de l'appartement, la sonnette se fit entendre une seconde fois.

– J'arrive, s'exclama Graham.

La porte s'ouvrit avec un léger grincement.

– Bonjour, Graham. Je ne te dérange pas, j'espère... le salua une voix féminine. Je viens t'apporter la chauve-souris empaillée, elle est terminée.

– Eh bien... Euh... En fait... bafouilla le vieil homme.

Dans le salon, Naïs ouvrit de grands yeux en reconnaissant la voix.

– Graham s'est trompé ! Ce ne sont pas les gardes du corps de PsyAnalytics, chuchota-t-elle. C'est Helena !

– Helena ? Qui est-ce ? interrogea Ghost, surpris.

– La personne chez qui nous logeons, répondit Naïs. Et une amie de Graham…

– Une amie… ou une complice ? demanda Ghost, méfiant.

– Juste une amie ! Enfin, je crois…

Alors que Naïs et Ghost discutaient, Jules s'était rapproché de la porte du salon, qui donnait sur l'entrée. Il fit signe à sa sœur et au jeune informaticien de le rejoindre.

Helena se tenait sur le pas de la porte d'entrée, un encombrant carton dans les bras. Devant elle, Graham lui bloquait le passage. Il avait posé son pistolet sur un petit meuble, juste derrière lui.

– Tu ne me laisses pas entrer, Graham ? lança Helena. Mon paquet est un peu lourd, tu sais !

– C'est notre seule chance de nous échapper, dit Jules à voix basse. Ce sale traître n'a plus son arme dans les mains.

– Tu es fou, Jules ! C'est trop dangereux ! s'effraya Naïs. Tu n'es pas dans un jeu vidéo là…

– Jules a raison ! intervint Ghost. Si nous ne tentons rien maintenant, tout ce que j'ai fait n'aura servi à rien… À trois, on y va ? ajouta-t-il en regardant Jules.

– Un… Deux… compta Jules en essayant de sourire.

– Trois !

Les deux garçons bondirent dans l'entrée et se ruèrent sur Graham. Jules lui bloqua les jambes tandis que Ghost lui agrippait les bras.

– But, what's going on[1] ? hurla Helena, effarée. Jules, Naïs, que faites-vous ici ? Et qu'avez-vous fait à ce pauvre Graham ?

Le vieil homme était tombé à terre, où Jules le maintenait, assis à califourchon sur son dos. Ghost en avait profité pour récupérer le pistolet et l'avait glissé dans la grande poche de son sweat.

– Graham nous retenait prisonniers ! lança Naïs à leur logeuse affolée. Nous vous expliquerons plus tard… nous devons partir d'ici au plus vite !

– Mais qu'est-ce que c'est que cette histoire ? Prisonniers ? bredouilla Helena, abasourdie.

Naïs n'eut pas le temps de lui répondre. Suivant Ghost et Jules, qui s'était relevé, elle dévala les marches de l'escalier. Il fallait qu'ils quittent l'immeuble de Graham avant que les gardes du corps de PsyAnalytics n'arrivent à leur tour…

1. Mais, que se passe-t-il ?

21

Alors que Jules et Naïs le rejoignaient dans la cour de l'immeuble de Graham, Ghost se débarrassa de l'arme qu'il avait prise au vieil homme. Il la balança au fond d'un container poubelles, où elle disparut entre les sacs de détritus.

– Qu'est-ce qu'on fait maintenant ? demanda le jeune hacker. Vous avez une idée ?

– Pas vraiment, répondit Jules en reprenant son souffle. À part qu'il faut partir d'ici, et vite !

À ses côtés, Naïs avait sorti un plan de Londres de son sac et en dépliait une partie.

– Ce n'est peut-être pas le moment de faire du tourisme, Naïs ! intervint Jules, trépignant d'impatience.

– Je sais bien… répliqua sa sœur sans se laisser distraire. Je vérifie juste où nous nous trouvons par rapport au Natural History Museum…

– Tu te moques de… commença Jules avant de s'interrompre en comprenant où elle voulait en venir. Oh… Mais oui, c'est une excellente idée ! Bravo Naïs !

Ghost les regardait tour à tour, interloqué.

– De quoi vous parlez exactement ?

– Nous allons rejoindre notre mère au Natural History Museum ! expliqua Jules. C'est bien ça, Naïs ?

– Oui, elle est la seule à pouvoir nous aider ! Je ne vois pas d'autre solution !

Jules entrebâilla la porte de l'immeuble pour jeter un coup d'œil à l'extérieur.

– Il n'y a personne de suspect dehors, on peut y aller ! Passe la première, Naïs, puisque tu connais le chemin.

Au moment même où les trois adolescents allaient tourner au coin de la rue, une berline noire aux vitres fumées freina en crissant devant l'immeuble de Graham. Les deux gardes du corps de PsyAnalytics en bondirent, leurs vestes de costume dissimulant à peine leurs armes.

Alertés par le bruit, Naïs, Jules et Ghost se jetèrent à quatre pattes entre deux voitures garées au bord du trottoir. Avec un peu de chance, peut-être que les deux colosses n'avaient pas eu le temps de les apercevoir ? Et qu'ils allaient foncer dans l'immeuble de Graham, pensant les cueillir dans l'appartement du vieil homme ?

Le cri de l'un des deux hommes les convainquit du contraire :

– Here they are ! Behind the car[1] !

– Ils nous ont repérés ! s'exclama Jules. Filons !

Entraînant sa sœur par la main, Jules traversa la rue en courant, suivi de Ghost, qui serrait sa précieuse sacoche contre son torse.

– Ils sont plus rapides que nous, cria le jeune hacker, qui s'était retourné pour évaluer la progression de leurs poursuivants. Ils vont nous rattraper !

– Pas si nous arrivons à prendre ce taxi ! répondit Naïs.

Un *black cab*[2] déposait justement une cliente à une centaine de mètres devant eux.

– Hey taxi ! Please wait[3] ! se mit à hurler Jules, alors que Ghost agitait les bras pour attirer l'attention du chauffeur.

Heureusement, l'homme semblait les avoir vus. Il patientait, en époussetant du revers de la main la banquette arrière de son véhicule, sans même s'apercevoir du critique de la situation. Tout essoufflés, Naïs, Jules et Ghost sautèrent à l'arrière du taxi en criant :

1. Ce sont eux ! Derrière la voiture !
2. Nom donné aux taxis londoniens, même s'ils ne sont pas tous noirs.
3. Eh, taxi ! Attendez-nous, s'il vous plaît !

– Démarrez !

– Viiiite !

Sans rien perdre du légendaire flegme britannique face à la tension des trois adolescents, le chauffeur se mit en route. Les deux gardes du corps de PsyAnalytics n'étaient plus qu'à quelques mètres du taxi, mais ils n'eurent d'autre choix que de le regarder s'éloigner, furieux.

– Conduisez-nous au Natural History Museum, s'il vous plaît ! lança Naïs en reprenant son souffle.

– J'ai peur qu'ils nous suivent avec leur voiture, dit Ghost, en voyant les deux hommes se précipiter vers l'immeuble de Graham. Nous n'avons pas encore gagné la partie !

– Non, mais nous avons quand même franchi quelques niveaux ! rétorqua Jules, retrouvant son vocabulaire de gamer[1] en même temps que son sourire.

1. Littéralement « joueur », désigne en particulier un joueur régulier de jeux vidéo.

22

Le taxi déposa les trois adolescents devant l'entrée du Natural History Museum de Londres. Alors que Naïs réglait la course, Jules et Ghost surveillaient les alentours, s'attendant à tout instant à voir surgir la berline de leurs poursuivants. Pour le moment, elle n'était pas visible... Avec un peu de chance, un feu rouge avait retardé les gardes du corps de PsyAnalytics et ils avaient perdu leurs traces...

Mais les deux garçons n'y croyaient pas trop et pressèrent Naïs d'entrer dans la bâtisse aux allures de cathédrale.

– Tu sais où a lieu le congrès de maman ? s'inquiéta Jules.

– Dans la salle de conférences je suppose, répondit Naïs en prenant un plan des lieux dans un présentoir. Mais je n'ai aucune idée d'où elle se trouve...

– Allons demander à cette gardienne !

Alors que Naïs et Jules expliquaient à une femme entre deux âges que leur mère participait à un congrès scientifique et qu'ils la cherchaient de toute urgence, Ghost ne quittait pas des yeux l'immense porte du grand hall. L'heure de la fermeture approchant, une foule de visiteurs commençait à refluer vers la sortie, ce qui l'empêchait d'en contrôler tous les recoins.

Soudain, surgissant comme deux diables au milieu d'un groupe d'enfants, les hommes de main de PsyAnalytics déboulèrent dans le hall, l'air nerveux. Ils ne mirent qu'un instant à repérer Ghost et ses deux amis, toujours en conversation avec la gardienne.

– Ils sont là ! Partons ! cria Ghost en prenant la main de Naïs.

– Attends ! Nous ne savons pas encore où se trouve notre mère.

– Nous n'avons plus le temps, répondit Ghost. Il faut qu'on se cache quelque part…

– Mais où ? demanda Jules, qui les suivait de près.

– Aucune idée ! On va improviser, répliqua le jeune hacker en entraînant le frère et la sœur vers une galerie déserte plongée dans la pénombre.

En y pénétrant, les trois adolescents eurent un instant d'hésitation.

– Waow ! réagit Jules, impressionné. On est où, là ?

– Dans la section « dinosaures », à mon avis, déclara sa sœur.

Naïs s'arrêta un instant pour admirer les différents squelettes alignés.

– Magnifiques ! Mais on est un peu pressés ! rétorqua Ghost en jetant un coup d'œil derrière lui.

Le jeune hacker désigna un escalier métallique à ses amis.

– Montons dans les coursives !

Alors que Naïs, Jules et Ghost traversaient la salle sur un étroit passage en hauteur, leurs ombres se mêlant à celles des ptérodactyles suspendus au plafond, les deux gardes du corps pénétrèrent à leur tour dans l'antre des dinosaures. Comme les trois jeunes fuyards une minute avant eux, ils marquèrent une pause, surpris par l'ambiance des lieux. Mais ils reprirent vite leurs esprits... L'un d'eux repéra les adolescents et s'élança à leur poursuite, aussitôt imité par son comparse. Sous leur poids, l'escalier qui menait à la passerelle métallique se mit à grincer.

– Dépêchons-nous ! cria Ghost à ses deux amis.

– Redescendons ! proposa Jules en empruntant un autre escalier.

Sans ralentir l'allure, Naïs suivit les deux garçons. L'ombre déformée de leurs poursuivants se déplaçait à toute vitesse au plafond, tout aussi impressionnante que celle des squelettes de dinosaures qu'elle côtoyait.

Alors que les trois adolescents avaient bondi au sol et zigzaguaient entre les squelettes posés sur leur piédestal en bois, les deux hommes de main descendirent à leur tour l'escalier. Ils n'étaient plus qu'à quelques mètres derrière eux. Naïs entendait leur souffle puissant et le bruit de leurs semelles qui couinaient sur le parquet. Pour se donner du courage, elle repensa à son père, à son sourire, à l'odeur de son vieux sac de voyage rempli de poussière du désert...

– Allons par là ! cria Ghost en courant vers une porte qui semblait mener à une autre galerie d'exposition.

Alors que les trois adolescents déboulaient dans la nouvelle salle, ils se figèrent, impressionnés. Émergeant de la pénombre, un gigantesque Tyrannosaurus rex de quatre mètres de haut venait de tourner sa tête dans leur direction en émettant un horrible grognement.

– C'est... c'est quoi ce gros machin ? déglutit Jules, sans quitter le dinosaure des yeux.

– U... une simple reconstitution, je pense ! bredouilla Naïs.

– Va... vachement bien faite, quand même, ajouta Jules, plus effrayé qu'il ne voulait le laisser paraître. Comme il s'est penché vers nous, j'imagine qu'il est équipé d'un détecteur de mouvement...

Le moment de stupeur passé, Ghost avait continué sur quelques mètres, mais revenait maintenant vers le frère et la sœur.

– On est piégés comme des rats ! dit-il d'un ton rageur.

– Comment ça ? demanda Naïs, incrédule.

– Cette pièce est un cul-de-sac ! Les deux portes communiquent avec la galerie que nous venons de quitter, expliqua Ghost.

Et comme pour lui donner raison, les deux gardes du corps de PsyAnalytics apparurent au même instant des deux côtés de l'enclos du T-rex.

23

Avançant lentement, chacun d'un côté de la salle du musée, les deux colosses de PsyAnalytics se rapprochaient de Naïs, Jules et Ghost. Les adolescents étaient pris en étau. Ils n'avaient aucun moyen de leur échapper. La course-poursuite était terminée.

L'un des gardes du corps se planta devant eux, glissant sa main sous sa veste, pour bien montrer qu'il était armé.

– Maintenant, Ghost, tu vas nous suivre gentiment. Si tu obéis, on laissera tes deux amis partir.

Ghost se tourna vers Naïs et Jules, résigné :

– Je crois que je n'ai pas le choix, cette fois. Merci pour votre aide !

– Attends... chuchota Jules. Donne-moi ta clé USB !

– Quoi !? souffla Naïs. Mais...

– C'est la seule solution, reprit Jules. Donne-la-moi, Ghost.

Le colosse se rapprocha, méfiant.

– Qu'est-ce que vous mijotez encore ?

– Il y a une chose importante que vous ne savez pas, expliqua Jules, alors que Ghost, incrédule, lui glissait sa précieuse clé USB dans la main. Ce que vous cherchez à récupérer, ce n'est pas Ghost, mais son programme pour réveiller les bots dormants…

– Comment es-tu au courant de ça, toi ? gronda le garde du corps.

– Je le sais, c'est tout, reprit Jules, d'une voix assurée. Par contre, vous, vous ignorez qu'il existe une copie de ce programme et qu'elle se trouve sur cette clé USB !

– Non, moi je le savais ! intervint une voix.

Un homme mince, habillé d'un jean délavé et d'un simple pull noir, sortit de l'ombre et s'avança vers le petit groupe, l'air tranquille et déterminé.

– Qui êtes-vous ? demanda Jules, surpris par l'intervention du nouveau venu.

– C'est le patron de PsyAnalytics, répondit Ghost, l'œil brûlant de colère. Il devait être dans la berline noire avec ses adjoints.

– Et Graham lui a sans doute tout déballé, ajouta Naïs, rageuse.

L'homme balaya d'un regard froid et dénué de la moindre empathie le visage des trois adolescents.

– En effet ! Ce vieux geek m'a parlé de la clé, la dernière fois que je l'ai eu au téléphone. Mais j'avoue que je m'en doutais un peu, poursuivit-il. Aucun développeur n'aime détruire totalement son travail. En général, il en garde toujours une copie. En cela, Ghost, tu ne fais pas exception.

Il se tourna ensuite vers Jules et tendit la main vers lui :

– Je te remercie de nous avoir simplifié la vie, mon garçon. Puisque tu as la clé dans ta main, je n'aurai pas à questionner Ghost pour savoir où elle se trouve. Maintenant, tu vas me la remettre bien gentiment et Ghost va nous suivre. Sans discuter !

– Jamais, répliqua Jules en reculant, le poing serré. Ne fais pas ça, Ghost !

L'homme se tourna rapidement vers ses gardes du corps, qui se rapprochèrent, l'air déterminés.

– Je vous rappelle que nous sommes armés, reprit le patron de PsyAnalytics d'une voix blanche. Si tu ne veux pas qu'il arrive malheur à tes amis, Ghost, tu ferais mieux de te rendre.

Le jeune hacker hésita un instant, lança un regard désolé à Naïs et Jules puis fit un pas vers ses poursuivants. Mais au dernier moment, Naïs le retint :

– Ne bouge pas ! Ils bluffent !

Ghost stoppa son mouvement, indécis.

– Réfléchis, ils ne peuvent pas être armés, reprit Naïs en fixant les deux colosses. Ils font juste semblant d'avoir des pistolets accrochés sous leurs vestes. Car si c'était vraiment le cas, jamais ils n'auraient pu passer les portiques de sécurité à l'entrée du musée.

Le patron de PsyAnalytics la fusilla du regard, avant de les menacer.

– Ma patience a des limites et vous commencez à me fatiguer. Mes gars n'hésiteront pas à tirer. Je le répète, et écoutez-moi car ce sera la dernière fois : rendez-moi cette clé et laissez Ghost venir avec nous.

Comme pour accentuer le propos de l'homme en noir, le T-rex rugit longuement derrière eux.

Jules jeta un œil à sa sœur puis à Ghost, avant de prendre une inspiration :

– Je pense que Naïs a raison. En tout cas, moi, je cours le risque !

Et il sauta les barrières entourant le dinosaure. Dès que Jules posa un pied dans l'enceinte du T-rex, l'alarme du musée se déclencha, résonnant dans tout le bâtiment. Le T-rex avait aussitôt penché la tête vers Jules et grondait de toutes ses dents luisantes, à seulement quelques centimètres de son visage. Mais Jules n'y prêtait pas attention. Il se tourna vers le patron de PsyAnalytics et ses hommes de main, un grand sourire aux lèvres :

– Et maintenant, qu'allez-vous faire ? Les gardiens du musée seront là dans un instant. Si vous ne voulez pas que la police s'intéresse à vos agissements suspects, vous devriez filer tant qu'il est encore temps !

Les deux colosses avaient sorti leurs mains de sous leurs vestes et regardaient Jules, impuissants. Comme l'avait pressenti Naïs, ils n'étaient pas armés. Perdant son sang-froid, leur patron hurla :

– Emparez-vous de cette clé et partons ! On ne doit pas se faire prendre !

– Et... et Ghost ? demanda l'un des deux hommes.

– Dans cette situation, impossible de l'emmener, reprit leur patron. Il se débattrait et nous nous ferions remarquer. Allez, action !

Obéissant à leur boss, les deux colosses sautèrent à leur tour dans l'enclos du T-rex, qui tourna sa gueule rugissante dans leur direction. Ils coururent vers Jules, qui s'était dissimulé derrière le corps de l'imposant dinosaure. Le jeune garçon tenta de leur échapper en profitant des mouvements du T-rex, mais il ne put lutter bien longtemps. Les gardes du corps de PsyAnalytics étaient trop forts pour lui. Ils le neutralisèrent et s'emparèrent de la clé USB qu'il serrait toujours dans sa main.

– Je l'ai, s'exclama un des gardes.

– Filons ! Les gardiens vont arriver, ajouta le second.

L'alarme hurlait toujours, lancinante. Les deux gardes du corps repassèrent les barrières, prirent leur patron par le bras et l'entraînèrent à leur suite. Alors qu'un groupe de gardiens du musée déboulaient dans la salle des dinosaures, ils profitèrent d'une issue de secours, dissimulée dans un recoin, pour leur fausser compagnie.

Dans la salle du T-rex, Jules avait rejoint Naïs et Ghost. Le choc passé, Naïs prit son frère dans ses bras :

– Bravo Jules, tu as réussi à nous débarrasser d'eux sans qu'ils s'en prennent à Ghost.

L'air désolé, elle ajouta :

– Par contre, ils ont récupéré la clé contenant le programme, c'est vraiment dommage !

– Jules a fait ce qu'il pensait être le mieux pour nous, pour moi… dit le jeune hacker, compréhensif.

Bizarrement, face à eux, Jules souriait.

– Vous croyez sérieusement que j'aurais pu leur offrir ce cadeau ?

Naïs et Ghost se regardèrent, interloqués.

– J'ai toujours la clé USB de Ghost, reprit Jules en la sortant de la poche arrière de son jean et en la remettant au jeune hacker.

– Mais… et celle qu'ils t'ont prise ? demanda Naïs, étonnée.

– C'était ma propre clé USB, répondit Jules, tout fier de lui. Quand Ghost m'a donné la sienne, je l'ai aussitôt échangée. J'avais ce plan en tête depuis le début. Et ça a fonctionné !

Voyant le visage surpris de sa sœur et de Ghost, il ajouta en riant :

– Ce qui m'embête, c'est que le boss de PsyAnalytics est maintenant l'heureux détenteur de la meilleure playlist de chansons du monde entier… la mienne !

24

Dans la cuisine d'Helena, le lendemain matin, les toasts du petit déjeuner sautèrent hors du grille-pain sans que personne songe à aller les chercher. Après la courte nuit qu'ils avaient passée, Jules et Naïs avaient encore les yeux embués de sommeil. Ghost, qui avait dormi dans leur chambre, sur un matelas posé aux pieds du lion empaillé, souriait, l'air en pleine forme. Assis entre ses deux nouveaux amis, face à Lucile et Helena, le jeune hacker racontait tous les détails de l'affaire à la taxidermiste :

– Naïs a eu une sacrée intuition en réalisant que les gardes du corps de PsyAnalytics ne portaient pas d'arme. Et Jules s'est montré très courageux en sautant dans l'enclos du T-rex pour déclencher l'alarme. Mon ancien patron et ses hommes de main n'avaient alors plus qu'une solution : s'enfuir !

Dommage que les gardiens n'aient pas réussi à les rattraper. Ensuite, nous avons retrouvé Lucile et tout s'est bien terminé.

Lucile, qui avait pourtant déjà entendu toute l'histoire la veille au soir quand les adolescents l'avaient rejointe dans la salle de son congrès, se leva pour embrasser les trois adolescents.

– Vous auriez vraiment dû me parler de tout ça avant, les enfants ! dit-elle, encore sous le choc. Vous avez couru de grands risques, sans que personne soit au courant !

– Tu as raison, maman ! répondit Naïs. Mais au début, nous ne nous doutions pas que cela serait aussi compliqué... et dangereux ! Et puis, tu étais occupée à ton congrès et nous ne voulions pas te déranger !

– Maintenant, ma conférence est terminée ! Et je ne vous lâche plus d'une semelle jusqu'à notre retour à Paris demain, promit Lucile, soulagée.

Quant à Helena, elle avait baissé les yeux, l'air gênée. Pour la première fois depuis qu'ils la connaissaient, Jules et Naïs voyaient leur logeuse perdre son sourire. Depuis quelques minutes, elle tripotait un muffin sans se décider à le manger. Son thé refroidissait dans sa tasse sans même qu'elle le remarque. Lâchant son gâteau, elle finit par dire :

– Je suis vraiment désolée, les enfants. J'ai l'impression que je suis la cause d'une grande partie de vos ennuis… Si je ne vous avais pas conseillé d'aller voir Graham, toute cette histoire n'aurait pas aussi mal tourné !

– Ce n'était pas votre faute, Helena ! la rassura aussitôt Naïs. Vous ne pouviez pas deviner que Graham nous dénoncerait à PsyAnalytics.

– Je sais bien… Mais je m'en veux terriblement ! Jamais je n'aurais pensé que mon vieil ami était aussi… aussi… abject ! reprit Helena, les larmes aux yeux. Quand vous l'avez terrassé avant de vous enfuir de son appartement, je n'ai rien compris à ce qui se passait. J'étais complètement effarée ! Juste après votre départ, Graham s'est relevé, l'air furieux, et m'a sèchement fermé la porte au nez. J'ai sonné, sonné… mais rien à faire, il ne m'a pas répondu ni donné aucune explication. Depuis, il a disparu ! Et je ne lui conseille pas de réapparaître, sinon je le dénonce pour tentative de séquestration avec violence sur mineurs !

– Et la chauve-souris ? Elle a été blessée… pendant la bataille ? demanda Jules, en désignant l'animal empaillé qu'Helena avait sorti de son emballage et dont une aile pendait sur le côté, à moitié arrachée.

– Oui ! répondit Helena. Graham a écrasé le carton en claquant la porte de son appartement. De toute façon, il est hors de question qu'il la récupère, cet affreux… vampire !

– De qui vous parlez, de Graham ou de la chauve-souris ? s'amusa Jules.

– De Graham, évidemment !

Sa bonne humeur retrouvée, Helena prit sa tasse à thé pour en boire une longue gorgée. Mais elle interrompit son geste, en faisant une drôle de grimace.

– Mais... ce thé est froid ! Ne le buvez pas, je vais en refaire tout de suite !

Tout en mettant de l'eau à chauffer dans la bouilloire, la taxidermiste demanda à Lucile :

– Tu ne m'as pas dit, Lucile... Pour Ghost, que va-t-il se passer ?

– Eh bien, quand les enfants m'ont retrouvée dans la salle de conférences, j'étais en compagnie de plusieurs collègues britanniques, des professeurs d'université et des responsables du musée, répondit Lucile, avant de se tourner vers Ghost. En apprenant toute l'histoire, ils ont décidé d'aider ce jeune informaticien prodige ! Nous avons rendez-vous avec eux cet après-midi pour en parler plus en détail.

– Parfait, dit Helena, en revenant avec du thé chaud. Tout est bien qui finit bien alors !

– En fait, non... Il reste une chose importante à régler, intervint Naïs, l'air grave.

– Quoi donc ? interrogea Helena, surprise.

Naïs regarda Ghost avant d'expliquer :

– Le boss de PsyAnalytics a déjà dû se rendre compte que la clé que ses gardes ont récupérée au musée contenait seulement la playlist de chansons de Jules. Il risque donc de se relancer à la poursuite de Ghost...

– Qu'est-ce que tu proposes ? demanda Jules, intéressé.

– Pourquoi n'utiliserions-nous pas nous-mêmes le programme pour réveiller ces millions de bots dormants ? Ce serait la meilleure façon de les détruire.

– Mais oui, Naïs a raison ! dit Jules. Ainsi, PsyAnalytics n'aura plus aucune raison de traquer Ghost, puisqu'ils n'auront plus rien à récupérer !

– Ils pourraient chercher à se venger ? s'inquiéta Lucile.

– Je ne crois pas qu'ils prennent un tel risque, dit Ghost. PsyAnalytics cherche avant tout la discrétion. Si la presse apprenait que leur fonds de commerce consiste à manipuler l'opinion publique pour le compte de leurs clients, ce serait catastrophique pour eux. Ils se contenteront de repartir de zéro, en créant de nouveaux bots...

Le jeune informaticien était encore hésitant :

– Mais... en appliquant ton idée, Naïs, nous allons inonder le Web de bots... et c'est ce que je voulais éviter depuis le début !

– C'est vrai, en convint Naïs. Mais peut-être y a-t-il un moyen d'activer ces bots pour quelque chose d'inoffensif, de pacifique, d'amusant, voire quelque chose qui rapproche les gens, au lieu de les diviser comme ton patron l'avait prévu...

Jules les regarda et lança d'un air malicieux :

– Je crois que j'ai une idée !

ÉPILOGUE

Les *free hugs* : un phénomène planétaire !

Les free hugs *ou câlins gratuits en français, ont conquis le monde entier. Des États-Unis à l'Australie, de l'Europe au Japon, de la Laponie à la Patagonie, en quelques semaines, l'engouement pour les* free hugs *est général !*

Une muraille de *free hugs*

Aujourd'hui, près de Pékin, sur la célèbre muraille de Chine, une chaîne de câlins gratuits a été organisée sur plus de deux kilomètres de long... Peut-être la verra-t-on de la Lune ?

Les people aussi !

Sportifs, chanteurs, acteurs, écrivains, tous ont succombé à la nouvelle tendance des free hugs *! Même le président russe et le président américain* *se sont serrés dans les bras l'un de l'autre devant la presse réunie.*

Qui a lancé la mode des *free hugs* ?

Une de nos journalistes a remonté la piste de cette déferlante de câlins gratuits. D'après ses recherches, tout serait parti du réseau social Twitter, il y a quelques semaines. Des centaines de milliers de comptes se sont soudain mis à parler des free hugs. *Cette idée a plu aux utilisateurs qui l'ont ensuite relayée, et par un effet boule de neige, la planète entière a succombé aux câlins !*

Le business des *free hugs*

À la base, ces câlins sont gratuits ! Mais des graphistes ont créé des logos, un chanteur japonais est devenu numéro 1 des ventes en quelques jours avec son tube sur les free hugs, *des tee-shirts ont été imprimés… Les* free hugs *se transforment en une véritable industrie !*

Les animaux sont touchés aussi par le virus du *free hug*

En Australie, un homme a dressé un kangourou à serrer les gens dans ses bras… Une queue de plusieurs kilomètres s'est formée dans la journée pour recevoir l'embrassade du marsupial !…

Naïs posa sa tablette sur ses genoux, abasourdie. Comment cela était-il possible ? Les *free hugs* avaient littéralement envahi la planète entière en quelques semaines. Et dire que tout était parti de l'idée de Jules, dans la cuisine d'Helena…

Ce matin-là, son frère avait proposé d'utiliser la réserve de bots dormants de PsyAnalytics pour développer la pratique du *free hug*, comme il l'avait vu faire à son arrivée à Londres, à la gare de King's Cross. Il avait alors suffi à Ghost de lancer le programme contenu dans sa clé USB pour réveiller les bots dormants créés par son ancien employeur. Le jeune hacker leur avait ordonné de diffuser des messages ciblés sur les réseaux sociaux, vantant les mérites des *free hugs*. En quelques heures, les trois adolescents avaient vu leurs messages devenir viraux et envahir le Web. Mais jamais ils n'auraient pensé que les câlins gratuits deviendraient un tel phénomène de mode !

Naïs se tourna vers son frère, qui pianotait sur son ordinateur portable, assis sur son lit.

– Tu ne trouves pas que le succès de nos *free hugs* a un côté effrayant ? Tu imagines ce qui se serait passé si les bots de PsyAnalytics avaient servi un but malfaisant ? Comme la propagande d'un parti politique extrémiste, par exemple ?

– C'est vrai que cela fait réfléchir, admit Jules. Je ne pensais pas qu'on pouvait aussi facilement manipuler l'opinion et les désirs des gens seulement avec des messages sur les réseaux sociaux! J'essayerai de moins les utiliser à l'avenir...

– Comment peux-tu dire ça alors que tu passes ton temps sur Internet? se moqua sa sœur.

– Oui... mais là, c'est pas pareil! se défendit Jules. Je suis tout près de passer le dernier niveau de Peace on World avec Big-Julot! Enfin, j'y serais pas arrivé sans les bons conseils de Ghost.

Naïs le regarda, étonnée:

– Ghost! Tu as de ses nouvelles? Je croyais que nous ne devions pas communiquer avec lui pendant quelques mois. Pour éviter tout risque, suite à l'affaire avec PsyAnalytics.

– Ben... en fait, on a trouvé un moyen de se parler sans attirer l'attention. À travers le chat du jeu vidéo!

– Bonne idée! Et alors, que devient-il? demanda Naïs, impatiente d'avoir des nouvelles de leur ami.

– Tout s'est arrangé! Les collègues de maman lui ont proposé un travail au Natural History Museum, à Londres... Il s'occupe de la sécurité et de la maintenance du système informatique, en attendant que sa situation se régularise auprès de l'administration britannique.

– Un travail parfait pour lui!

– Et d'ici quelques semaines, il suivra une formation poussée en création de jeux vidéo, poursuivit Jules. Ainsi, il pourra réaliser son rêve...

– Super nouvelle ! apprécia Naïs.

– Et au fait sœurette, tu étais tellement concentrée sur la lecture des journaux en ligne que tu n'as rien remarqué, ajouta Jules en désignant le plafond de sa chambre.

Naïs leva les yeux, intriguée :

– Non, c'est pas vrai ! Tu l'as accrochée au-dessus de ton lit ? Elle ne te donne pas des cauchemars ? s'écria-t-elle en voyant la chauve-souris empaillée par Helena Crater, qui semblait voler au-dessus du lit de son frère.

– Bien sûr que non ! Tu me prends pour qui ? Et puis, c'est un magnifique cadeau que nous a fait Helena le jour de notre départ ! Le meilleur des souvenirs de notre enquête à Londres !

– Si tu le dis ! acquiesça Naïs, un peu sceptique.

Grâce aux amis scientifiques de Lucile, Ghost touchait enfin son rêve du doigt. Jules avait atteint le Graal, le dernier palier de son jeu vidéo préféré. Lucile avait retrouvé avec bonheur son laboratoire. Et Naïs… que retirait-elle de cette drôle d'enquête à Londres ?

L'adolescente regagna sa propre chambre. Plongée dans ses pensées, elle s'allongea sur son lit et glissa sa main sous l'oreiller. Elle en sortit le bracelet de billes de bois que son père lui avait offert il y a bien longtemps et qui restait son plus précieux souvenir de lui.

En le faisant glisser entre ses doigts, Naïs se souvint de l'excitation de son père quand son agence de presse lui confiait une nouvelle enquête, de sa concentration quand il se documentait des semaines durant avant de partir sur le terrain, de sa fatigue et de son sourire quand il revenait à la maison…

Pour la première fois, avec cette aventure londonienne, Naïs avait mis ses pas dans ceux de son père. Son voyage s'était transformé en enquête, ses plans de visite en jeu de piste grandeur nature. Elle avait ressenti de l'enthousiasme et de la peur, il lui avait fallu du courage et de la ténacité, mais elle avait tenu bon, avec son frère à ses côtés.

Esquissant un sourire, le bracelet toujours entre ses doigts, Naïs se rendit alors compte qu'elle n'avait qu'une hâte.

Qu'une autre mission se présente…

Et un autre voyage.

Et elle aurait juré que son frère laisserait immédiatement tomber ses jeux vidéo pour l'accompagner dans cette nouvelle aventure.

LES AUTEURS

Sous le nom de BeKa, Caroline Roque et Bertrand Escaich forment un couple de scénaristes de bande dessinée et d'écrivains jeunesse. Ensemble, ils ont notamment créé les séries de bande dessinée « Les Rugbymen », « Studio Danse », « Le jour où... » chez Bamboo Éditions et travaillent également aux éditions Dargaud et Dupuis. Après avoir adapté en romans jeunesse certaines de leurs séries BD chez Bamboo Éditions, ils s'investissent en 2017 dans l'écriture d'albums pour Mijade et de romans jeunesse pour les éditions Rageot.

REMERCIEMENTS

Merci à Cédric Illand, sans qui ce livre n'aurait pas vu le jour, ainsi qu'à Annie Pons et Julie Lauret-Noyal pour leur précieuse aide en anglais.

Caroline et Bertrand, BeKa

Retrouvez Naïs et Jules dans

MISSION CAPITALE
#Bruxelles

à l'automne 2018

RAGEOT s'engage pour l'environnement en réduisant l'empreinte carbone de ses livres. Celle de cet exemplaire est de :
500 g éq. CO_2
Rendez-vous sur www.rageot-durable.fr

PAPIER À BASE DE FIBRES CERTIFIÉES

Cet ouvrage a été composé par IGS-CP
à L'Isle-d'Espagnac (16)

Achevé d'imprimer par Grafica Veneta en février 2018
Dépôt légal : mars 2018
N° d'édition : 5642-01